www.bbulmedia.com

www.bbulmedia.com

정사부 현대 판타지 장편 소설
Hunting Frontier
헌팅 프론티어
8
BBULMEDIA FANTASY STORY
뿔미디어

목차

Chapter 1
전기수 회장과의 불화

흰머리산.

영원의 숲 북쪽에 우뚝 솟아 있는 커다란 산이다.

영원의 숲 주변은 별다른 산이 없는 평탄한 지형인 것과
는 달리, 영원의 숲이 시작되는 부분부터는 지형이 급격하
게 험난해진다. 그중에서도 흰머리산은 숲 가운데에 우뚝
솟아 있어 상당히 특이한 지형이었다.

물론 영원의 숲 안에는 흰머리산 외에도 다른 산들이 꽤
많았다. 그러나 흰머리산은 다른 산들에 비해 유난히 높은
데다, 정상 부근에 쌓여 있는 만년설 때문에 멀리서도 눈에
확 띄었다.

하지만 흰머리산이 특별한 이유는 또 있었다.

뉴 어스는 1년 내내 기후의 변화가 없다. 지구와 비교하면 동남아시아에 가까운 열대성 기후를 가지고 있어, 기온이 높고 식물들은 언제나 무성했다. 몬스터를 비롯한 생물들도 생장이 무척 빨랐다.

그런데 영원의 숲, 특히 흰머리산이 있는 주변 지역은 조금씩이긴 했지만 지형에 따라 다른 기후를 갖고 있었다.

기후 변화 때문인지, 다른 지역에 비해 다양한 몬스터를 볼 수 있는 장소이기도 했다. 거기에 이유는 알 수 없지만 영원의 숲에 서식하는 몬스터는 특히나 다른 지역의 몬스터에 비해 덩치도 컸고, 더욱 흉폭했다.

그런 흰머리산에서 쉘터 건설 작업을 하고 있던 이들은 이미 육체적으로나 정신적으로나 심하게 몰려 있었다.

국내 최고의 그룹들이 연합을 하여 개발을 하고 있지만, 아직까지 별다른 진척을 보이지 못하고 있다. 설상가상으로 보급품마저 부족한 상태다 보니, 이번 보급대가 조금만 더 늦었더라면 이곳 현장에서 폭동이 일어나도 이상할 것 하나 없을 정도로 험악한 분위기였다.

극도로 위험한 영원의 숲 한가운데에 고립되어 있는 것만 해도 스트레스가 이만저만이 아닌데, 하고 있는 작업은 뚜렷한 성과도 없고 보급품마저 제한을 받는다면 사람들의 반응이 어떨지는 말하지 않아도 빤한 일이었다.

그러던 와중 정말 오랜만에 도착한 대규모 보급대는 현장에서 일하던 헌터들과 일꾼들에게는 하늘에서 내려온 동아줄과 같았다.

정진과 보급대가 도착한 날, 흰머리산 쉘터 운영 위원회에서는 그동안 고생을 한 작업자들을 위해 휴식과 함께 축제를 선포했다.

운영 위원회는 보급대 책임을 맡고 온 정준구 상무를 통해 아케인 클랜의 위용을 보고 받고, 축제에 대해서 아케인 클랜에 양해를 구해왔다. 흰머리산 던전 외부 경계를 맡고 있는 헌터들도 휴식해도 되겠냐는 것이었다.

이에 대한 계약은 없었지만, 나중에 이곳까지 보급로를 개척할 계획을 가지고 있는 정진은 굳이 이들과 얼굴 붉힐 필요가 없다는 판단에 그들의 부탁을 들어주었다.

어차피 던전의 외부 방벽은 이미 오래전에 세워 놓았다. 방벽 너머에서 몬스터가 침입해 오는지만 확인하면 되는 일이었다.

더구나 아케인 클랜에는 몬스터를 막기 위한 아주 유용한 물건이 있지 않은가. 방벽 밖에 타라칸의 분비물을 대충 뿌려두기만 해도 몬스터는 얼씬도 하지 못할 것이다.

아케인 클랜 소속 헌터들이 외곽 경계를 인수인계 받고 현장 경비를 시작하자, 현장 안에선 파티가 벌어졌다.

사실 파티라고 해봐야 별거 없었다.

그동안 물자가 부족해 통제하고 있던 술과 고기 등을 풀고, 또 부족한 것은 이번에 보급대가 가져온 것들을 합쳐 먹고 마시는 것뿐이다. 사고가 나지 않도록 주의해야 하기 때문에 넉넉한 양도 아니었다.

하지만 그것만으로도 현장에 있던 작업자는 물론이고, 헌터들의 불만도 상당히 해소가 되었다.

그동안 이곳에서 근무를 하던 이들 일부는 이번 보급대를 따라 지구로 돌아가기로 되어 있었다. 물론 돌아가는 만큼 보급대로 왔던 이들 일부가 남을 것이다.

운영 위원회와 보급대 총책임자로 온 정준구 간의 의견 조율로 결정된 일이었다. 각 클랜들 또한 장기간 이곳에 묶여 있던 이들에게 휴식을 줘야 했기에 운영 위원회의 결정을 따랐다.

또다시 남게 된 이들의 반발이 있기는 했지만 어쩔 수 없는 일이었다. 그렇다고 모든 인원을 교체할 수는 없기 때문이었다. 업무 인수인계도 어려워질 뿐만 아니라, 너무 많은 인원을 교체했다간 새롭게 인수를 받은 이들이 적응하기까지의 기간이 지나치게 길어지기 때문이다.

이번 파티는 남게 되는 인원에 대한 위로와, 지구로 복귀하는 사람들에 대한 축하를 겸한 자리였다.

이런 자리에 호위 임무를 의뢰 받았을 뿐인 아케인 클랜의 헌터들이 낄 필요는 없다는 판단에, 정진은 클랜원들에게 적당히 참석을 했다가 알아서 빠져나와 휴식을 취하라는 지시를 내렸다.

아케인 클랜 소속 헌터들은 모두 적당히 식사만 마치고 자신들에게 배정된 숙소에 들어가 개인 정비를 시작했다. 일부는 수련을 하거나 방책에 올라가 경비를 보았다. 또 일부는 흰머리산 던전의 일부를 구경하기도 했다.

그중에는 백화 클랜의 클랜장인 백장미도 포함이 되었다.

지구에서부터 아케인 클랜과 동행한 백장미는 영원의 숲을 통과해 흰머리산의 쉘터를 조성하는 현장까지 오는 동안 줄곧 정진의 옆에서 떨어지지 않고 있었다.

백장미는 운영 위원회 본부로 사용되고 있는 성의 첨탑 위에 서서 영원의 숲을 내려다보다, 문득 옆에 있던 정진을 돌아보았다.

"너는 여기 와본 적이 있다고 했지?"

한참 옛 기억을 되새기며 생각에 잠겨 있던 정진은 금방 대답을 하지 못했다.

하지만 그것도 잠시, 그는 입가에 살짝 미소를 지었다.

"네, 그때는 헌터가 아니라 짐꾼에 불과했지만요."

흰머리산 던전 발굴단에 참여한 것은 정진에게 일생일대의 터닝 포인트가 되었다. 현재의 자신을 있게 한 인연의 시작이었다.

자신은 이곳에서 이정진과 김지웅을 만났고, 스승님들을 만났다.

과거 이곳 뉴 어스의 대제국이었던 아케인 제국의 마도사인 스승들은 자신들의 운명을 거스르고 장구한 시간을 거슬러 자신과 만났다. 사명을 위해 인간으로서의 존엄마저 저버리고 안식을 포기했으며, 자신에게 그 의무를 넘겨주고야 영면에 들었다.

문득 두 스승이 생각난 정진은 조용히 그들에게 묵념을 하였다.

한편 갑자기 엄숙해진 정진의 태도에 놀란 백장미는 아무런 말도 하지 않고 그런 정진을 지켜보았다.

그렇게 잠시 침묵에 싸여 있던 첨탑 위는 정진이 고개를 들자마자 바로 소란스러워졌다. 옆에서 잠자코 있던 백장미의 질문이 쏟아진 것이다.

"왜 그래? 뭐한 거야? 무슨 일 있어?"

"아니에요. 잠시 스승님들이 생각이 나서 그런 겁니다."

"스승님?"

"네."

'그리고 보니 스승님들은 어떻게 되셨을까. 정말로 용암이 폭발해 묻히신 건가? 아니면 다른 곳으로 피신하셨을까?'

아카데미에서 빠져나와 다시 지구로 돌아온 이후 지금까지 너무도 많은 일이 벌어졌기에 미처 신경 쓰지 못했다.

갑자기 스승님들이 어떻게 되었을지 궁금해진 정진은 나중에 시간을 내서 아케인 아카데미가 있던 곳을 찾아보기로 결심했다.

만에 하나라도 아케인 아카데미가 사라지지 않고 있거나, 일부라도 남아 있는 것을 발견한다면, 아케인 클랜의 발전에 도움이 되는 것은 물론이고 정진의 최종 목표인 아케인 제국의 유지를 잇는 일에도 큰 도움이 될 것이다.

'저기쯤인가?'

정진은 첨탑 아래를 바라보았다.

던전 발굴과 쉘터 건설로, 흰머리산 던전은 5년 전 이곳에 왔을 때와는 많이 달라진 모습이었다. 그래도 자신이 들어갔던 지하 동굴의 위치는 어디쯤인지 알 수 있었다.

비록 자신이 아케인 아카데미로 향했던 길은 정상적인 길이라고는 볼 수 없기에 과거 탐사대가 이용했던 통로와는 이어져 있지 않겠지만, 지금 정진에게는 그때와 달리 마법도 있고, 타라칸도 있었다.

미약하게라도 아카데미의 흔적을 찾거나 기운을 감지해 낼 수 있다면 그것을 역추적해서 정확한 아카데미의 위치를 알아내는 것도 가능할 것이었다.

과거 던전 탐사대와 함께 들어갔던 던전의 입구는 현재 사용하는 입구와 한참이나 떨어져 있고, 이제는 더 이상 입구도 아니어서 그곳을 통해 들어갈 수는 없다.

그렇지만 오히려 과거보다 더 쉽게 안으로 들어갈 수 있을 것이다. 5년 전 지진으로 인해 발생한 싱크홀 때문에 던전 상부가 드러났기 때문이다. 이 던전은 과거 던전 안의 인간들의 주거지였던 것으로 추정되는, 하나의 커다란 성과 같은 구조를 하고 있었다. 아직도 하부는 지하에 묻혀 있지만, 그가 들어간 곳은 아마⋯⋯.

'나중에 타라칸과 함께 와야겠군.'

정진은 혼자보다는 타라칸과 함께 하는 것이 아카데미를 찾는 데 수월할 것이라 생각하고 고개를 끄덕였다.

백장미는 그런 정진의 얼굴을 그저 의아하게 바라볼 뿐이었다.

† † †

서울 강남구 천향.

이곳은 강남의 유명한 명소 중 한 곳이다.

현대식 건물에 인테리어를 살짝 가미해 충마다 다른 분위기를 내고, 세계 각지의 요리를 한곳에서 맛볼 수 있다는 장점까지 갖추면서도 가격은 여느 전문 음식점에 비해 2~30% 정도 저렴하다.

그래서 천향을 찾는 사람들 중에는 고위 공무원이나 대기업 임원 같은 고소득 직종만 있는 것은 아니었다. 누구든 충분히 와서 즐길 수 있어 더욱 많은 손님이 찾는 곳이기도 하다.

그렇지만 천향의 음식이 전부 저렴한 것은 아니다.

어느 사회나 특별한 것을 찾는 사람들이 있다. 흔히들 상류층이라 불리는 이들은 자신들이 특별하다고 생각하며, 보통 사람과 다른 대접을 받기를 은연중 바란다.

이곳 천향에도 일반 사람들은 감히 엄두도 못 낼 만큼 비싼 곳이 존재했다. 바로 7층으로 이루어진 이곳 천향의 꼭대기 층에 위치한, 특별한 소수의 고객만을 위한 특실이었다.

정진은 바로 그곳에서 헌터 협회의 회장인 전기수를 만나고 있었다. 그 옆에 앉아 있는 이기동 상무는 초조한 표정으로 전기수 회장과 정진을 번갈아 보고 있었다. 무엇 때문에 불렀는지 알지 못하니 초조해하고 있는 것이다.

지금껏 그가 움직일 때마다 상상할 수도 없던 사건들이 휘몰아쳤으니 절로 긴장이 되었다.

"아니, 무슨 바람이 불었기에 그렇게 만나자고 해도 다음 기회로 미루기만 하던 아케인의 클랜장께서 먼저 만나자고 한 것입니까?"

전기수 회장이 짐짓 물었다. 전기수 회장이 말하자, 이기동은 긴장한 기색이 역력한 눈으로 정진을 간절하게 돌아보았다.

이기동을 슬쩍 본 정진이 고개를 숙였다.

"회장님께서 그리 말씀하시니 제가 그동안 너무 격조했던 것 같습니다."

"아닙니다. 이런… 그렇게 말씀하시면 제가 너무 정 클 랜장을 핍박하는 것 같습니다."

"아뇨. 너무 바빠서 그동안 회장님을 찾아뵙지 못한 것에 대한 사과를 하는 것입니다. 회장님과 저희 아케인 클랜의 관계는 앞으로도 쭉 함께해야 하지 않겠습니까?"

정진이 고개를 저으며 말했다. 그동안 전기수 회장이 몇 차례나 먼저 연락을 취해왔지만, 일과 연구를 이유로 전부 거절했던 것은 분명 사실이었다.

이기동 상무가 얼른 끼어들었다.

"그렇습니다, 회장님. 정정진 클랜장은 그동안 연구다, 클랜 일이다, 흰머리산 쉘터 보급대 호위 의뢰까지 바쁘지 않았습니까? 이렇게 만나게 되었으니, 그 이야기는 이제 그 만하시지요."

이기동 상무의 말에 전기수 회장이 고개를 끄덕였다.

"바쁜 분을 모시고 제가 좀 주책을 부렸습니다."

"아닙니다. 제 사정을 너그럽게 봐주셔서 감사합니다."

"그건 그렇고, 절 만나자고 하신 이유가 무엇입니까?"

전기수 회장은 지난 5년간 정진과 손을 잡고 그동안 자신을 방해하던 반대파를 협회에서 축출하는 데 성공했 다.

그는 이제 감히 자신에게 반기를 들고 나설 인물이 협회 내에 남아 있지 않다는 자신감에 싸여 있는 상태였다.

그 때문인지 전기수 회장은 요즘 들어 알게 모르게 자신의 힘을 이용해 헌터 클랜이나 기업들을 압박하고 있었다.

기반 세력인 협회에서 부동의 권력을 갖고 있으니, 외부에서 역으로 압력을 가하기도 어려워진 것이다.

요즘 전기수 회장은 자신과 아케인의 클랜장인 정진과의 관계가 예전과는 다르게 다소 소원해진 것 같다고 느끼고 있었다.

사실 정진과 전기수 회장 두 사람은 그저 필요에 의해 서로 도움을 주고받는 관계다.

그런데 너무 큰 권력을 쥐게 되자, 전기수 회장은 서로 협력 관계였던 것을 잊고서 자신의 도움으로 커진 아케인 클랜이 은혜를 잊고 행동한다고 생각하고 있었다.

때문에 중간에서 두 사람을 연결해 주던 이기동 상무는 이러지도 저러지도 못하는 곤란한 상황에 처해 있었다.

다행히 오늘 정진의 요청으로 관계 개선을 할 수 있는 기회가 생겼기에, 일부러 천향의 특실까지 예약했다.

그런데 처음부터 전기수 회장이 어깃장을 놓기 시작한 것이다.

'하, 이거 오늘 정신 바짝 차려야 할 것 같군.'

전기수 회장이 예전과 같지 않다는 것을 최근 이기동 상무도 느끼고 있었다.

예전에는 부회장이나 전무이사 등, 회장인 전기수를 위협할 존재가 몇 있었다. 하지만 이젠 그런 적들이 세가 불리함을 알고 꼬리를 내렸다.

그리고 그 모든 것은 눈앞에 있는 정진의 도움이 컸다.

만약 정진이 부회장이나, 상당한 파벌을 가지고 있던 다른 전무들과 손을 잡았다면 전기수 회장은 진즉 협회에서 쫓겨났을 것이다.

그러나 전기수 회장은 이미 그것을 전부 잊고 있었다.

"그럼 단도직입적으로 말하겠습니다."

돌연 정진이 정색을 하며 말을 하자, 전기수 회장과 이기동 상무는 긴장하며 그를 바라보았다.

특히나 전기수 회장은 이게 아닌데 싶어 입맛을 다셨다. 조금 불만스럽게 말하면 정진이 꼬리를 말고 고개를 숙일 것이라 생각한 것이다.

"흰머리산으로 가는 보급대의 호위 의뢰를 변경했으면 합니다."

"그게 무슨 소립니까? 이미 계약이 끝난 사항 아닙니까? 그걸 변경하시겠다고요?"

전기수 회장이 인상을 찌푸렸다.

"예, 보급대 호위 의뢰가 생각보다 너무 시간을 잡아먹습니다."

정진은 전기수 회장의 부정적인 대답에도 불구하고 전혀 신경 쓰지 않는 듯 담담하게 대답했다.

"어떻게 변경을 하겠다는 겁니까?"

얼굴이 붉어질 정도로 흥분한 전기수 회장에 앞서 이기동 상무가 물었다. 전기수 회장을 그대로 놔두었다가는 뭔가 사단을 벌일 것만 같은 예감에 먼저 나선 것이다.

전기수 회장은 잠시 그의 옆얼굴을 쳐다보다, 자신의 테이블 위에 놓인 술잔을 들어 단숨에 들이켰다.

"큭!"

이들이 앉아 있는 테이블 위에는 고급 음식이, 반주로는 신선의 술이라 이름 붙여진 송로주가 놓여 있었지만, 지금 이 순간에는 소태보다 더 쓰게 느껴졌다.

그러나 정진이나 이기동 상무, 둘 중 누구도 그런 전기수 회장의 모습에 신경을 쓰지 않았다.

지금 하려는 이야기가 더 중요하기 때문이다.

"흰머리산 쉘터까지의 보급을 저희 아케인 클랜에서 전담하겠습니다."

"네? 그게 무슨 소립니까?"

"말 그대로입니다. 보급대 호위 업무가 아니라, 저희 아케인에서 직접 영원의 숲을 통과해 흰머리산 현장까지 보급을 하겠다는 말입니다."

"음……."

이기동은 전기수 회장의 눈치를 보며 조용히 신음을 흘렸다.

정진이 무엇을 노리고 이런 말을 하는 것인지 알 수가 없어 쉽게 대답을 하지 못하는 것이다.

그런데 이때.

"굳이 힘든 일을 하겠다면 그렇게 하시오."

처음 정진을 보았을 때와 다르게, 전기수 회장은 마치 아랫사람에게 지시를 내리듯 툭 내뱉었다.

정진이나 이기동도 전기수 회장의 태도가 변했음을 알고 미묘한 표정을 지었다. 하지만 두 사람 다 별다른 내색은 하지 않고 말을 이었다.

"그럼 일단 허락한 것이라 생각하고, 그에 따른 헌터 협회의 협조를 받았으면 합니다."

"협조요?"

"네, 사실 뉴 서울에서 영원의 숲을 통과하여 흰머리산의 현장까지 직통으로 가는 것은 여간 힘든 일이 아닙니다."

"그렇지요."

이기동은 긴장한 채 정진의 말에 귀를 기울이며 고개를 끄덕였다.

하지만 이미 정진과 평행선을 달리기 시작한 전기수 회장은 정진의 말을 듣는 둥 마는 둥했다.

두 사람의 다른 반응에도 정진은 일말의 표정 변화도 없이 자신의 생각을 계속해서 말했다.

"영원의 숲 입구에 쉘터를 만들었으면 합니다."

정진의 말이 끝나기가 무섭게 전기수 회장이 어처구니가 없다는 듯 말했다.

"뭐? 그게 가능하다고 생각하나?"

쉘터를 만드는 일은 결코 간단한 일이 아니다.

뉴 어스에 쉘터를 만든다는 것은 목숨을 내놓고 해야 하는 위험천만한 일일뿐더러, 특성상 엄청난 양의 물자가 필요하다.

그렇기에 헌터 협회는 물론이고, 정부에서도 여러 기업들을 끌어들여야 행할 수 있는 대규모 사업이었다.

이미 흰머리산 쉘터를 구축하기 위해 얼마나 오랫동안 노력하고 있는지만 봐도 알 수 있는 일이다.

흰머리산 쉘터 건설에는 정부자금은 물론이고 헌터 협회의 자본도 밑 빠진 독에 물 붓듯 소비되고 있었다. 거기에 노태 그룹은 물론이고, 대한민국에서 돈푼깨나 있다는 기업들 대부분이 이 쉘터 건설에 끼어 있다.

그런데도 아직 쉘터를 완성하지 못하고 있는데, 이제 겨우 헌터 클랜으로 이름을 올리고 있는 아케인 클랜에서 새로 쉘터를 만들겠다는 말을 한 것이다.

그것도 뉴 어스에서 가장 위험한 곳들 중 하나로 알려진 영원의 숲 입구에 쉘터를 만들겠다니, 누가 들어도 허황된 소리로 들렸다.

"저희 협회는 흰머리산 쉘터에 자금을 투자하고 있어 또 다른 쉘터까지 건설할 여유가 별로 없습니다."

이기동 상무는 조심스럽게 현재 헌터 협회의 사정을 설명하였다.

그러나 정진은 별다른 표정 변화도 없이 대답했다.

"협회에 여유가 없다면 그냥 저희 아케인에서 알아서 하겠습니다. 다만 당연한 얘기지만, 그렇게 되면 쉘터의 운영권은 모두 아케인에서 갖겠습니다."

"허……."

전기수 회장은 기가 차다는 듯 고개를 내저었다.

사실 흰머리산의 쉘터를 허가한 것도 건설 책임자가 국내에서 손꼽히는 대기업인 노태 그룹이기 때문만은 아니다.

흰머리산에서 발견된 던전은 옛 뉴어스인들의 주거지역이었다. 때문에 그대로 조금만 보강하면 쉘터로 이용할 수 있을 것으로 보였기에 쉽게 허가한 것이다.

만약 흰머리산 던전이 발견되지 않았다면, 아무리 노태 그룹이 재계 서열 5위 안에 들어가는 대기업이라고 하더라도 쉘터 건설 허가를 내주지 않았을 것이다.

"음……."

반면 정진의 자신감 있는 태도를 본 이기동은 또다시 침음했다.

그동안 정진과 아케인 클랜의 행보를 지켜본 그는 그들이 다른 일반 헌터 클랜과 뭔가 달라도 한참 다르단 것까진 알고 있었다.

그런데 다른 것도 아니고 쉘터를, 그것도 단독으로 건설하고 운영을 하겠다고 할 정도로 힘을 가지고 있을 것이라고는 생각지 못했다.

"지금 그게 가능하다고 생각하는 것인가?"

"예, 이미 준비는 끝났습니다. 협회에서 승인만 떨어진다면 바로 쉘터 건설에 들어갈 것입니다. 그곳에서부터 흰머리산 쉘터까지 보급로를 건설할 예정입니다."

"아니, 이 사람이 점점……."

전기수는 정진의 말이 계속될수록 기가 막혀 말을 하지 못했다.

정진의 이야기를 가만히 듣고 있던 이기동은 정진의 눈을 들여다보았다.

그 눈은 이해할 수 없을 만큼 확신으로 가득 차 있었다. 이기동은 의미심장한 목소리로 다시 한 번 확인했다.

"정말 가능한 일입니까?"

"가능합니다. 그러니 하려고 하는 것이지요. 이미 영원의 숲에 안전한 보급로를 뚫는 것은 준비 작업이 끝났습니다."

"네?"

"이번 보급대 호위 의뢰를 하면서 영원의 숲에 안전한 이동로를 개척했습니다."

"헉!"

정진의 말을 들은 이기동은 경악을 금치 못했다.

아케인 클랜이 호위 의뢰를 받기 전, 흰머리산 건설에 참여한 기업들은 각기 소유하고 있는 헌터 클랜에 지시하여 아케인 클랜 전원의 몇 배나 되는 대규모 보급대를 꾸렸다. 하지만 그렇게 대규모로 구성했는데도 영원의 숲을 통과하며 거의 절반에 가까운 인원이 피해를 입었다.

그래서 지휘 체계가 일원화되지 않았기에 피해를 입었다고 생각해 대형 클랜에 호위 의뢰를 하였다.

하지만 국내 최고 클랜이라는 엠페러나 백화 클랜은 의뢰를 거절했다. 의뢰를 수락한 건 아케인 클랜뿐이었고, 아케인 클랜은 일말의 피해도 없이 의뢰를 성공적으로 마쳤다.

그것만으로도 정말 대단한 일인데, 의뢰를 수행하는 동안 그 영원의 숲에서 안전한 길을 개척했다니, 믿기 힘든 일이었다.

아케인의 이름으로 쉘터를 만들고, 금지인 영원의 숲에 전용 보급로를 만든다면 다른 곳에서 또 다른 보급로를 만들기 전까진 아케인 클랜이 그 길을 독점할 수 있게 된다.

더욱이 안전한 쉘터와 안전지대가 영원의 숲 인근에 있다고 하면, 언제나 새로운 몬스터를 찾아다니는 헌터들이 점차 그동안 진출하지 않았던 영원의 숲에도 찾아오게 될 것이다.

다른 지역의 몬스터와 다르게 영원의 숲에 서식하는 몬스터는 대부분 몸에 마정석을 보유하고 있다. 비록 영원의 숲에 서식하는 몬스터가 다른 몬스터에 비해 위험하긴 하지만, 마정석의 유혹을 뿌리칠 헌터는 없을 것이다.

시간이 지날수록 아케인의 쉘터를 이용하는 헌터의 숫자는 늘어날 것이고, 새로운 사냥터로 자리 잡게 되면 뉴 서울 못지않은 호황을 누릴 것이다.

어차피 정진은 처음부터 쉘터를 크게 만들 생각은 없었다.

헌터들에게 인기가 있는 사냥터는 북쪽의 영원의 숲 인근이 아닌, 뉴 서울 서쪽과 남쪽의 평야 지대다.

평야 지대는 관악산 크기의 고만고만한 산이 몇 있고, 적당한 수원과 풀이 많아 짐승과 그것을 먹이로 하는 몬스터가 풍부하다. 때문에 헌터들에게 각광 받는 사냥터였다.

그에 반해 더 흉폭한 몬스터들과 울창하고 빽빽한 나무들로 둘러싸인 영원의 숲은 줄곧 꺼려져 왔다.

그러니 쉘터가 건설이 되었다고 해도 처음부터 헌터들이 몰려오지는 않을 것이다.

나중에 흰머리산 쉘터가 완성이 되고 쉘터 공사에 참여한 기업들이 후원하는 헌터 클랜들이 그곳을 이용하기 위해 이동하기 시작했을 때, 아마 그 후에는 일부러 오라고 끌어들이지 않아도 많은 헌터들이 아케인 쉘터에 찾아오게 될 것이다.

그러나 정진은 처음부터 그런 헌터들을 데려오려는 목적 하나로 쉘터를 건설하려는 것이 아니었다.

정진이 영원의 숲 입구에 쉘터를 건설하려는 것은 전적으로 아케인 클랜에 소속된 헌터들을 위해서였다.

지금도 아케인 클랜의 마스코트인 타라칸의 둥지에 만들어진 임시 캠프를 이용하고는 있지만, 그들은 모두 아케인 클랜의 간부들이다.

본격적으로 아케인 클랜이 활동을 하고, 안전하게 영원의 숲에서 사냥을 할 수 있으려면 본거지로 사용할 곳이 필요하다.

정진은 영원의 숲 입구에 세울 쉘터를 아케인 클랜만의 쉘터로 만들어, 그곳을 기반으로 삼아 클랜을 더욱 키울 생각이었다.

특정 클랜만 독자적으로 사용하는 쉘터라니, 이는 다른 대한민국 3대 클랜인 엠페러나 백화도 가지지 못한 것이다.

그런데 이제 3대 클랜에 갓 이름을 올린 아케인 클랜이 독자적인 쉘터를 가지고 운영을 한다고 한다면, 분명 헌터 사회에서 크게 이슈가 될 것이다. 그렇게 된다면 클랜이 커지는 것은 문제도 아니었다.

지금까지는 기반을 다져야 할 시기여서 되도록 믿을 수 있는 사람만을 클랜원으로 받아들였지만, 슬슬 클랜의 규모 자체도 키워야 할 때였다. 더 이상 클랜원을 모집하는 데 까다로운 조건을 넣을 필요가 없었다.

여느 클랜들처럼 적당한 조건에 결격사유만 없다면 충분히 받아들여도 될 것이란 확신이 있었다.

정진은 이야기를 하면서 결코 비굴하지도, 그렇다고 과대망상으로 배짱을 부리는 표정도 아닌, 담담한 얼굴이었다.

그 태도에 두 사람은 기가 눌렸다.

'어떻게 하는 게 좋을까?'

이기동 상무는 머릿속으로 고민했다.

그동안의 정진이 보여준 능력이나 추진력을 생각하면 믿고 허락할 수 있다. 하지만 이 자리의 결정권자는 자신이 아니라 협회장인 전기수였다.

그런데 그만 전기수 회장과 정진이 틀어져 버렸다.

그렇기에 좌불안석으로 전전긍긍할 수밖에 없었다.

여기서 자신이 어느 한쪽의 의견을 지지하고 나선다면 그 길로 다른 쪽과는 척을 지게 되는 일이 될 터였다.

시간이 흐르고, 정진과 전기수, 그리고 이기동이 만남을 가진 지도 두 시간이나 흘렀다.

실내의 분위기는 여전히 그리 좋지 못했다.

이미 전기수 회장의 마음속에 정진에 대한 호감이 더 이상 없었기 때문이다. 정진이 아무리 좋은 제안을 해도 그는 못 들을 말을 들은 것처럼 거부했다.

마침내 정진은 더 이상 만남을 지속할 필요가 없다고 느끼게 되었다.

"어떻게 하시겠습니까?"

정진이 굳은 표정으로 물었다.

전기수 회장은 생각할 것도 없다는 듯 곧바로 대답했다.

"허가할 수 없소."

"이유를 알 수 있겠습니까?"

"그건 정정진 클랜장이 더 잘 알지 않나?"

"어처구니가 없군요. 저희 아케인 클랜이 뉴 어스에 쉘터를 건설하면 헌터 협회에도 이득이 될 텐데, 어떤 근거를 들어 안 된다고 하시는지 모르겠습니다."

이미 전기수 회장이 자신의 제안을 들을 생각이 전혀 없다는 것을 알고 있었지만, 그래도 정진은 끝까지 예의를 갖춰 물었다.

그리고 들려온 대답은 역시나 자신과 아케인 클랜의 역량에 대해 전혀 고려하지 않은 대답이었다.

"일개 헌터 클랜이 할 수 있는 일이 아니오. 그러니 허가할 수 없소."

정진은 전기수 회장의 최후통첩과도 같은 답변에 미간을 찌푸렸다.

'끝났군.'

머릿속으로 조용히 결론을 내린 정진이 돌연 입가에 미소를 짓더니, 질문을 던졌다.

"그래도 뉴 어스에 쉘터를 건설하겠다면 어떻게 하시겠습니까?"

"뭐, 뭐요?"

전기수 회장이 어이가 없다는 듯 눈을 크게 뜨며 소리쳤다.

"솔직히 저희가 뉴 어스에 쉘터를 만들든 말든, 헌터 협회에서 왈가왈부할 일은 아니지 않습니까. 그저 예전부터 그랬던 것처럼 협회에 소속된 클랜으로서 양해를 구하는 것이지, 쉘터를 만들 능력이 없어 헌터 협회에 협조를 구한 것이 아닙니다."

"지금 헌터 협회의 지시를 무시하겠다는 것이오?"

전기수 회장이 얼굴을 붉히며 소리쳤다.

하지만 정진은 전기수 회장의 호통에도 전혀 기죽지 않고, 맞받아쳤다.

"지금 전 회장님께서는 뭔가 착각을 하고 계신 듯합니다. 헌터 협회는 헌터들 위에서 군림하는 곳이 아닙니다. 헌터의 권익을 지키기 위해 만들어진 조직이죠. 그 사실을 잊지 말아주셨으면 합니다."

"뭐? 지금 나한테 훈계를 하는 겐가?!"

전기수 회장은 자리에서 일어나 버럭 소리쳤다. 그러나 정진은 눈 하나 깜짝하지 않고 이기동을 돌아보았다.

"이기동 상무님, 제가 지금 잘못 알고 있는 것입니까?"

"음……."

이기동 상무는 돌이킬 수 없을 만큼 극한으로 치닫는 분위기에 침음할 뿐이었다.

정진은 자리에 미동도 하지 않고 앉은 채 이기동을 가만히 쳐다보았다.

그 모습을 보는 전기수 회장은 물론이고 이기동 상무까지 뒷목을 타고 흐르는 차가운 전류를 느꼈다.

이기동은 어쩐지 팔뚝에 소름이 돋는 것을 느끼며 입을 다문 채 더 이상 아무 말도 하지 않았다.

지금의 정진의 말이 그야말로 최후통첩과도 같은 말임을 느꼈기 때문이었다.

그러나 전기수 회장은 정진의 가라앉은 분위기에도 오히려 더욱 흥분하여 소리쳤다.

"이거, 상종을 하지 못할 위인이로군! 요즘 좀 잘나간다고 뵈는 게 없는 겐가? 어디 두고 보지!"

전기수 회장이 혀를 차며 자리를 떴다.

"가세!"

"아, 예."

이기동 상무는 문을 박차고 나가는 전기수 회장을 따라 엉거주춤 자리에서 일어났다.

어찌 되었든 자신은 헌터 협회 사람이고, 회장인 전기수의 말을 따를 수밖에 없었다.

[이기동 상무님, 나중에 따로 자리를 마련하겠습니다. 그때 다시 이야기하시죠.]

"헉!"

갑자기 머릿속에 정진의 말소리가 들리자, 이기동은 놀라서 낮게 소리를 냈다가 얼른 입을 다물었다.

이기동은 얼른 방 밖으로 나가는 전기수 회장을 돌아보았다.

하지만 전기수 회장은 정진의 말을 듣지 못한 것인지, 그대로 밖으로 나가 버렸다.

정진이 시크릿 워드(Secret Word) 마법을 써서 이기동에게만 말을 전달한 것이다.

정진에 관해서 많은 것을 알고 있는 그로서는 협회장인 전기수와 욱일승천하고 있는 정진 사이에서 줄곧 좌불안석이었다. 계속해서 협회장인 전기수를 따를 것인지, 아니면 아직도 그 능력을 다 파악하지 못한 정진과 손을 잡을 것인지 확신이 서지 않았다.

그런데 지금 이 순간 그는 본능적으로 느끼고 있었다. 지금이 둘 중 한 사람을 선택할 때였다. 오늘의 자리로 봤을 때 두 사람의 관계는 더 이상 어찌 해볼 수 없어 보였다. 이제는 자신이 설 자리를 선택할 때가 된 것이다.

알 수 없는 표정을 짓던 이기동은 다시 한 번 정진을 돌아보고, 고개를 살짝 끄덕였다. 그러고는 전기수 회장을 따라갔다. 그동안 정진은 자리에서 조금도 움직이지 않았다.

　홀로 남아 창밖을 바라보는 정진은 무언가 곰곰이 생각하
고 있는 듯했다.

Chapter 2
쉘터 건설

강북 이화정.

전기수 회장은 강남의 천향에서 정진을 만난 이후, 괘씸한 마음을 삭이지 못했다.

아무리 정진이 클랜장으로 있는 아케인 클랜이 비록 최근 들어 대한민국 3대 헌터 클랜이라고 이름을 높이고 있다 해도 대한민국 헌터들의 정점에 있는 헌터 협회장인 자신을 무시하는 듯한 태도라니. 도저히 그냥 이대로 묵과할 수 없는 일이다.

그는 어떻게든 정진과 아케인 클랜의 행보에 제동을 걸기로 결심했다.

이번 기회에 기를 한 번 죽여 놔야, 나중에 자신이 얼마나 큰 실수를 했는지 느낄 것이다.

전기수는 자신과 같이 정진과 아케인 클랜에 불만을 가지고 있는 이들을 알아보았다.

그리고 그의 눈에 가장 먼저 들어온 것은 노태 그룹이었다.

그가 알기로 노태 그룹은 오래전, 그가 정진과 손을 잡을 무렵부터 정진과 사이가 좋지 못한 관계였다. 정확한 사연은 알 수 없지만, 그룹 오너의 셋째 아들과 연관되어 크게 부딪혔다는 자료를 본 기억이 났다.

전기수 회장은 노태 그룹과 정진이 관련된 내용을 좀 더 자세히 조사를 해보았다.

그리고 노태규 회장의 삼남인 노인태가 뉴 어스에서 몬스터의 습격을 받아 정신이상이 되어, 아직도 정신병원에 입원을 하고 있다는 것을 알게 되었다.

눈에 띄는 것은 그 뒤 노태 그룹 산하 노태 클랜이 상당한 피해를 입고 폐업을 했다는 것이다.

헌터 협회에 남아 있는 기록대로라면, 당시 사건에서 뉴 어스에 갔던 이들은 노인태와 노인태를 호위하는 네 명의 헌터뿐이었다.

대체 어떤 몬스터였는지 모르겠지만, 습격으로 인해 다섯 기의 아머드 기어가 모두 무력화되고, 노인태만 살아남은 것이다.

 주목할 만한 점은, 아티팩트 문제로 노인태와 재판까지 벌였던 정진이 도리어 그를 몬스터에게서 구했다는 점이었다.

 전기수는 노인태를 습격했다는 몬스터와 정진이 분명 관계가 있을 것이라는 예감이 들었다.

 정진은 마법이라는, 일반인들은 전혀 상상할 수 없는 능력을 가지고 있다. 어쩌면 정진이 노인태가 그렇게 되는 데 영향을 준 게 아닐까 하는 생각이 들었다.

 전기수는 노태 그룹에 넌지시 이야기를 꺼냈다.

 그리고 마침내 노태규 회장과 시간을 내 자리를 마련한 것이다.

 그때였다.

 똑, 똑.

 드르륵.

 노크 소리가 들리고, 이화정 별실의 문이 열렸다.

 화려한 한복을 곱게 차려입은 여인을 앞세우고 백발의 노신사가 안으로 들어왔다. 그 뒤로 흰머리가 조금씩 섞여가는 장년인이 따라 들어왔다.

전기수는 그가 노태 그룹의 노태규 회장과 차남 노인수라는 것을 눈치 채고 얼른 자리에서 일어났다.

"어서 오십시오, 회장님."

전기수는 정중하게 허리를 숙이며 노태규를 맞았다. 노태규는 아무 말 없이 그저 눈을 차갑게 빛내며 고개를 끄덕였다.

"앉으시지요."

전기수는 일주일 전 정진과 만났을 때와는 180도 다른, 아주 정중한 태도로 자리를 권했다.

자리에 앉자, 노태규는 낮지만 듣는 이로 하여금 절로 주눅이 들게 하는 굵은 목소리로 천천히 입을 열었다.

"그래, 내 아들에 관해 할 이야기가 있다고?"

"아, 예. 5년 전에 사고를 당하셨는데……."

전기수는 살며시 노태규의 표정을 살폈다.

하지만 그에게는 손톱 밑에 박힌 가시와도 같을 아들의 이야기가 나왔음에도, 노태규 회장은 담담하기만 했다.

"그게 뭐 어쨌다는 말인가? 다 지난 일인데."

그러나 헌터 협회에서 나름대로 잔뼈가 굵은 전기수는 노태규 회장의 눈이 살짝 흔들리는 것을 포착했다.

내심 불안해하는 노태규 회장의 속마음을 깨달은 전기수는 속으로 미소를 지었다.

"그 사고에서 조금 이상한 것이 눈에 띄어서 말입니다."

생각지도 않은 말에 노태규는 눈을 반짝였다.

"어떤 이상을 알아냈다는 말인가?"

"혹시 아케인 클랜이라고 들어보셨습니까?"

전기수는 회심의 미소를 띠었다. 아케인 클랜의 이야기가 나오자, 노태규는 더욱 흔들리는 듯한 모습을 보이고 있었다.

반면, 노태규는 일그러지려는 표정을 보이지 않기 위해 속으로 분을 삭이고 있었다.

당시 사건이 발생했을 때, 노태규는 정진과 담판을 짓고 그 일에 대해서는 완전히 덮어두었다.

나중에 어느 정도 시일이 지난 뒤에야 무엇 때문에 자신의 아들이 일개 헌터에 불과한 정진에게 집착을 보였는지 알아내기 위해 조사를 지시할 수 있었다. 하지만 그사이 정진이 무언가 손을 쓴 것인지 헌터 협회에서 조사를 차단해 버렸고, 더 이상 조사를 하지 못했다.

다만 눈앞에 있는 전기수가 손을 써서 정진에 관한 정보를 차단했다는 것을 전해 들었을 뿐이었다.

그런데 전기수는 지금 그때 제가 한 일을 마치 이제서야 알아낸 것처럼 이야기를 하고 있는 것이다.

노태규는 그 모습이 가증스러워 당장에라도 한마디 하고 싶은 것을 꾹 참고 있었다.

"당시 노인태 클랜장을 몬스터로부터 구출해 준 헌터가, 아케인 클랜의 정정진 클랜장이더군요."

"그건 나도 알고 있네만."

전기수가 자꾸만 이야기를 빙빙 돌리자, 노태규가 살짝 미간을 찌푸렸다.

그러나 전기수는 패는 자신이 쥐고 있다는 듯 여유롭게 말했다.

"아드님의 일이라 조급하신가 보군요."

"크흠."

그러자 노태규의 옆에 앉아 있던 노인수가 불편한 심기를 드러내며 헛기침을 했다.

솔직히 노인수는 이 자리에 오면서도 별로 기분이 좋지 않았다.

이미 후계 다툼에서 떨어져 나간 낙오자인 노인태의 이야기를 굳이 시간을 내 가며 듣고 싶지 않았던 것이다. 그런데 그것도 모르고 자꾸 시간을 끄는 전기수의 태도에 짜증만 일었다.

한편 노인수의 표정을 본 전기수의 얼굴은 조금 붉어져 있었다.

비록 노태 그룹 후계자 중 차기 회장에 가장 근접한 인물이 노인수란 것은 알고 있지만, 전기수가 보기에 노인수는 아직 거대한 노태 그룹을 물려받기에는 능력이 모자란 인물이었다.

그런 인물이 자신의 말에 불편한 듯한 의사를 내비치는 것이 그는 내심 기분 나빴다.

하지만 그렇다고 이 자리를 파할 수는 없었다.

이 자리는 자신을 완전히 무시하는 듯한 태도를 보이는 정진에게 대가를 치르도록 해주기 위해 만든 자리다.

정진과 척을 지고 있는 인물 중 가장 강력한 힘을 가지고 있는 이가 바로 노태 그룹의 노태규 회장이다. 정진을 손보는 데 자신의 손이 아닌 남의 손, 즉 노태 그룹의 손을 빌릴 요량으로 힘들게 자리를 마련했는데, 노인수 때문에 망칠 수는 없었다.

"아까도 이야기했지만 당시 아머드 기어가 다섯 기나 동원이 되었는데, 노인태 클랜장을 습격했던 몬스터를 잡지는 못했습니다. 그런데 아머드 기어도 없는 일개 헌터 팀이 어떻게 몬스터를 물리칠 수 있었겠습니까?"

전기수는 마치 자신이 사건 현장에서 본 것처럼 단호하게
말했다.

그러나 노태규의 반응은 시원치 않았다. 상식적으로 생각
할 때 당연한 이야기였기 때문이다.

거기다 그는 이미 비슷한 언급을 당시 정진에게서 들었
다. 다만 계속 정진과 부딪힐 수는 없었기에 그냥 묻고 지
나갔을 뿐.

그는 그저 짜증이 날 뿐이었다.

헌터 협회 회장으로 있던 전기수가 손을 써서 정진에 관
한 정보를 묶어두지 않았다면, 대체 어떻게 한 건지 철저히
조사해서 정진이나 아케인 클랜이 지금처럼 크기 전에 그
싹을 잘라 버릴 수 있었을지도 모른다.

하지만 그러지 못했다. 그것은 눈앞에 있는 전기수 때문
이었다.

그런데 이제 와서 왜 전기수가 먼저 이 이야기를 꺼내는
것일까.

노태규는 물론이고 옆자리에 있는 노인수도 전기수의 의
도를 읽기 위해 생각에 잠겼다.

그것을 본 전기수는 자신의 의도대로 진행이 된다고 착각

하며 씩 웃었다.

† † †

"아버지."

돌아가는 차 안. 노인수가 조용히 노태규 회장을 불렀다.

"뭐냐?"

노태규는 눈도 뜨지 않고 물었다. 노태규는 전기수를 만나고 나와 차에 오른 뒤부터 계속해서 눈을 감고 있었다.

"전기수의 의도가 무엇일까요?"

노인수는 아무리 생각해도 전기수가 무슨 의도로 자신들을 불러내 5년 전 노인태의 사건을 언급한 것인지 그 의도를 알 수가 없었다.

노태규는 감았던 눈을 뜨며 혀를 찼다.

"뻔하지. 그동안 정정진과 손을 잡고 정보를 차단하고 있었는데, 그 관계가 삐끗하게 된 거다."

노태규는 전기수가 무엇 때문에 자신을 불러 5년이나 지난 노인태의 일을 언급한 것인지 바로 눈치챘다.

다만 어떤 일로 두 사람의 관계가 틀어졌는지는 쉽게 짐작할 수 없었다.

일개 헌터 클랜이라고 하지만, 아케인 클랜은 더 이상 노태 그룹에서 함부로 나서서 핍박할 수 있는 곳이 아니었 다.

갑자기 등장하여 보름 전 흰머리산 쉘터 보급대의 호위 의뢰를 성공적으로 완수한 뒤로 명성까지 얻은 아케인 클 랜. 이제 대한민국에서 아케인 클랜을 함부로 대할 수 있는 집단은 없었다.

아케인 클랜은 조금의 피해도 없이 불가능해 보이던 의뢰 를 성공했다. 헌터계는 물론이고 흰머리산 쉘터와 관계된 기업들 안에서도 아케인 클랜에 대한 이야기가 끊이지 않고 있었다.

아케인 클랜에서 계속 의뢰를 맡아주지 않으면 흰머리산 쉘터 건설 현장에 안정적으로 보급품을 보급할 수 없게 된 다.

그렇게 되면 더 이상 흰머리산의 쉘터 건설 프로젝트도 진행할 수 없을 것이다.

노태 클랜은 처음 흰머리산에 있는 던전을 쉘터로 만든다 는 프로젝트 자체를 너무 쉽게 생각했다.

금지인 영원의 숲을 얕보았다. 탐사대가 가져온 상당한

유물과 아티팩트를 지나치게 고무되어, 그 험지를 어떻게 통과할 것인가에 대해서는 제대로 생각해 보지 않았다.

탐사대가 돌아오는 과정에서 몬스터의 습격을 받아 커다란 피해를 보기는 했지만, 그 모든 것이 노인태의 계획 때문이었다. 원래는 발생하지 않았을 피해를 입은 것이다.

노태규도 그렇게 생각하고, 노인태가 흰머리산의 던전을 쉘터로 만들겠다는 계획을 가져왔을 때 허가한 것이다.

뉴 어스에 쉘터를 건설한다는 것은 가늠하기 힘든 막대한 부를 독점할 수 있다는 것이나 마찬가지였다.

그렇기에 노인태가 계획서를 가져왔을 때, 노태규 자신은 물론이고 노태 그룹의 경영진 모두가 들떠 있었다.

영원의 숲에 길이 없는 것은 아니었다. 던전을 발굴하는 동안 탐사대가 그곳으로 드나들었으니, 나름 안전하게 통과할 수 있다고 믿었다.

그런데 공사를 시작하자마자 마치 처음부터 그런 길은 없었다는 듯 수없이 많은 몬스터들의 습격을 받아야 했다.

꼭 누군가 자신들의 계획을 알고 몬스터를 조종하는 것처럼 말이다.

노태 그룹은 막대한 피해를 입었고, 쉘터는 아직까지도 완공하지 못하였다.

정부의 지원까지 받아가며 야심차게 추진하던 프로젝트는 그 때문에 지지부진하여 진척이 없었다. 이득이 문제가 아니라 노태 그룹 자체가 위태로워질 지경에 이른 것이다.

정부의 지원까지 받아가며 벌인 사업이라 마음대로 중단을 할 수도 없어 전전긍긍하고 있던 때, 다른 기업들이 건설에 참여하게 되었다.

사실 다른 기업들이 흰머리산 쉘터 프로젝트에 참여하게 된 배경에는 노태 그룹의 꼼수가 숨어 있었다.

최근에는 기업이 정부의 돈을 받아 사업을 진행하다가 잘못되었을 때, 그냥 손 털고 물러날 수가 없었다.

국토 대부분을 수복하면서 대규모 공사가 잦아졌고, 한정된 자본으로 최대한 빨리 여러 산업들은 원상 복구시키려는 정부의 예산 감축과 기업 감사는 더 심해졌다. 정부 지원 사업이 실패하면 그 원인을 철저히 조사하고 그 손실분에 대해 모기업에 추징하기 시작한 것이다.

때문에 처음 정부가 흰머리산 프로젝트를 공동 개발로 돌리고 공고를 냈을 때는 독점 이익이 빼앗긴다는 생각에 반대를 했던 노태 클랜도 결국엔 우선 프로젝트를 살려 추징금을 피하는 것이 우선이라는 생각을 하게 되었다.

생각을 바꾼 노태규와 노인수는 인맥을 동원해 정계와 재계에 소문을 퍼트렸다. 다른 기업들이 흰머리산 쉘터 프로젝트에 뛰어들도록 유도를 한 것이다.

물론 겉으로는 독점 개발을 빼앗기게 되어 아쉽다는 태도를 유지한 채였다. 노태 그룹이 프로젝트를 단독으로 수행할 능력이 없다는 것을 공식적으로 인정하기는 싫었던 것이다.

작전은 성공적으로 이루어져, 다른 기업들이 너 나 할 것 없이 흰머리산 쉘터 프로젝트에 숟가락을 올렸다.

그것이 나락으로 떨어지는 개미지옥인지도 모르고 말이다.

그렇게 엄청난 피해를 양산하며 겨우 숨만 붙어 있던 프로젝트가, 아케인 클랜으로 인해 성공 목전에 이르렀다.

지금 누가 아케인 클랜을 해코지하려 하다가는 흰머리산 쉘터 프로젝트와 연관된 대한민국 정재계 인사들의 집중 공격을 받는 것은 물론이고, 정부와도 대립해야 할지도 모른다.

그런데 아케인 클랜과 한패라고 생각한 전기수가 그를 찾아와, 그 아케인 클랜과 노태 그룹 사이에 싸움을 조장하고 있었다.

"그렇지만 전기수 회장과 아케인 클랜장인 정정진은 아주 돈독한 사이로 알려져 있지 않습니까. 대체 무엇 때문에……."

노인수도 고개를 갸웃거리며 말했다.

정진과 전기수의 관계는 물과 물고기의 관계만큼이나 밀접한 관계를 가지고 있다. 최근에는 대부분의 사람들이 알고 있는 사실이었다.

두 사람의 관계가 알려진 것은 2년 전이었다.

헌터 협회에서 판매하던 매직 웨폰의 일부를 아케인 클랜에서 판매하게 된 것이 계기였다.

많은 헌터 클랜에서 헌터 협회에 항의를 하였다. 많은 수익이 보장된 매직 웨폰 판매 사업을, 대체 무슨 대가를 치렀는지 모르지만 일개 신생 클랜에 넘겨주었다는 것에 불만을 품은 것이다.

결국 아케인 클랜의 클랜장인 정진이 매직 웨폰 판매 자체에 도움을 주고 있었다는 사실이 알려졌고, 불만의 목소리는 수그러들었다.

노인수는 무엇 때문에 그동안 정진과 협력하고 있던 전기수 회장이 아케인 클랜을 공격하려는 것인지 그 의도를 파악하지 않고서는 움직일 수가 없다고 생각했다.

아니, 설령 그런 관계를 파악했더라도 현재로써는 어떻게 할 수도 없었다.

✝   ✝   ✝

강북 백제 호텔.

이곳의 펜트 하우스는 하루 빌리는 가격만 1,500만원이나 하는 곳이다.

그리고 정진은 지금 손님맞이를 위해 그곳을 빌렸다.

손님은 이름만 대면 알 수 있을 대한민국 재계 거물들이었다.

재계 서열 1~2위를 다투는 성대 그룹과 오성 그룹의 후계자들, 신세기 그룹의 계열사인 신세기 엔지니어링의 사장, TY 그룹 회장과, 비록 재계 서열은 50위권 밖이지만 몬스터 산업 분야에서는 손에 꼽히는 대성 실업의 사장, 마지막으로 노태 인더스트리의 사장 노인수였다.

그런데 정진이 초대를 한 이들 다섯 명에게는 공통점이 있었다. 바로 이들이 노태 그룹이 건설하고 있는 흰머리산 쉘터 프로젝트를 공동으로 진행하고 있는 기업의 대표들이라는 것이다.

아무리 정진이 대한민국 3대 헌터 클랜의 클랜장이라 해도 평소라면 이들을 그냥 이렇게 부를 수는 없다. 그러나 현재 이들과 정진은 무척이나 밀접한 연관이 있었다.

장기화된 흰머리산 쉘터 공사가 무사히 진행이 되기 위해선 보급품을 안정적으로 보급해야만 한다. 그리고 그러기 위해서는 아케인 클랜의 도움이 필수적이었다.

쉘터 공사에 공동으로 참여하고 있는 기업의 대표들은 흰머리산 쉘터 공사와 관련된 내용을 의논하기 위해서란 말에 만사를 제쳐두고 이곳을 찾아온 것이다.

펜트 하우스는 세 개의 침실 외에도 널찍한 회의장까지 갖춰져 있었다. 정진은 다른 사람들의 방해 없이, 혹시나 외부로부터 도청당할 위험도 방지할 겸 이곳을 빌린 것이다.

각 기업의 대표들은 눈을 반짝이며 베일에 싸인 인물인 정진을 관찰했다.

특히 어쨌거나 정진과 안 좋은 일로 엮여 있는 노태 인더스트리의 사장, 노인수는 정진을 자세히 뜯어보고 있었다.

"안녕하십니까, 아케인 클랜의 클랜장인 정정진이라고

합니다. 바쁘신 와중에 제 초대에 응해주셔서 감사드립니다."

정진은 관찰하는 듯한 시선에도 개의치 않는 듯, 자신을 쳐다보고 있는 각 기업 대표들에게 인사했다.

정중한 인사였지만 그 모습은 전혀 비굴해 보이지 않았다.

정진은 아케인 클랜이라는 한 단체의 수장이자, 마도 제국 아케인의 마도를 잇는 계승자라는 자부심이 있었다. 그의 표정과 분위기에서도 그러한 자신감과 알 수 없는 힘이 느껴졌다.

'자신감이 대단하군.'

노인수가 그렇게 느끼고 있을 때, 다른 사람들도 각자 한마디씩 던졌다.

"하하, 젊은 사람이 패기가 대단하군."

"당당한 것이 보기 좋지 않습니까?"

가장 연장자인 정성구 사장이 정진을 칭찬하자, 그 맞은편에 앉은 오성 건설 사장인 이운재 사장도 맞장구를 쳤다. 다른 사람들도 얼른 정말 그렇다는 듯 고개를 끄덕였다.

자리에 있는 사람들 모두가 어떻게든 정진에게 좋은 인상을 심어주기 위해 노력하고 있었다.

이들이 이런 태도를 보이는 데는 아케인 클랜이 보급대를 무사히 쉘터 공사 현장까지 호위했다는 것도 있었지만, 가장 큰 이유는 다른 것이 아니라 정진이 매직 웨폰의 제작자라는 사실 때문이다.

현대 몬스터 산업에서 가장 핫한 아이템이라 불리고 있는 매직 웨폰은 국내 헌터는 물론이고 외국의 헌터들도 일부러 찾아와 구매하는 물건이다.

전에는 아머드 기어가 헌터들 사이에서 최고의 핫 아이템이었다면, 지금의 대세는 매직 웨폰이다.

아머드 기어는 무척이나 고가의 장비다. 정비 인력이나 운용비 등 부대비까지 필요하다. 즉, 기업의 후원을 받지 않고서는 가지고 있는 것조차 힘든 물건이었다.

그에 반해 매직 웨폰은 가격이 아머드 기어에 비해 저렴하고, 유지비도 훨씬 적게 들었다.

물론 아직도 아머드 기어가 핵심적인 역할을 하기 때문에 아예 없으면 헌팅이 힘들다는 인식은 있었다.

하지만 매직 웨폰을 사용하기에 따라 어느 정도 아머드 기어의 역할을 대신할 수도 있다는 인식이 널리 퍼지기 시작했다.

최근 들어서는 중소 규모의 헌터 클랜이나 무소속 헌터들이 비싼 부대비가 들어가는 아머드 기어보다 매직 웨폰을 선호하는 모습을 보이고 있었다.

그런데 이렇게 핫한 매직 웨폰이 바로 정진의 독점 사업이다.

정진은 이 세상에서 매직 웨폰을 만들 수 있는 유일한 사람이었다.

다르게 말을 하면 정진은 곧 마르지 않는 자금력을 가진 존재란 소리였고, 헌터들을 대상으로 사업을 하는 이들이라면 어떻게든 인연을 맺고 우호적인 관계를 맺어야 하는 사람이라는 소리다.

실제로 그와의 관계를 돈독히 유지하여 헌터 협회가 얼마나 이득을 보았는지, 또 그와 가까운 관계로 알려진 자들이 얼마나 자신의 위치를 공고히 할 수 있었는지 잘 알고 있는 대표들이었다.

이러다 보니 아무리 대기업 대표들이라고 해도 눈치를 안 보려야 안 볼 수가 없었다. 그들은 모두 정진이 연락을 하자마자 득달같이 승낙했다. 사실 사업을 논의해 보자는 말은 상당히 솔깃하기도 했다.

"사업상 중요한 논의를 하자고 했는데, 그게 뭔가?"

TY 그룹의 최태원 회장이 물었다. 50대 중반의 장년인 그의 목소리는 남자가 들어도 무척이나 매력 있는 낮고 중후한 목소리였다.

"예, 그럼 바로 얘기를 해볼까요."

정진이 입을 열기 무섭게, 좌중은 바늘 하나 떨어져도 그 소리가 들릴 정도로 조용해졌다.

"쉘터 보급대를 한 번 꾸릴 때마다 상당한 부대비용이 들어가지 않습니까?"

정진의 말을 들은 각 기업 대표들은 서로의 얼굴을 쳐다보았다.

가장 연배가 어린 노인수가 나서서 대답을 했다.

"그건 당연히… 많이 들어가지. 아마 여기 있는 기업들 모두가 그럴 걸세. 그런데 굳이 그걸 물어보는 이유는 뭔가?"

"제가 하려는 사업과 연관이 있어서 드리는 말씀입니다."

정진은 노인수의 질문에 미소를 잃지 않고 대답했다.

"아마 이번 보급대의 규모 정도면 상당한 금액이 들어갔을 것이라고 예상합니다. 거기에 호위 의뢰비용까지 생각하면 최소 500억 이상 들어갔을 것이라 생각하는데, 맞습니까?"

사람들은 머릿속으로 이번 보급대를 꾸리면서 사용한 금액에 대해 계산을 해보았다.

'우리가 보급대를 꾸릴 때, 사용한 예산이 보급품 20억, 보급대에 들어간 비용이 60억, 호위 의뢰비용이 50억… 대략 130억인가.'

정성구 사장은 예산 보고서를 떠올려 보고 고개를 끄덕였다.

자신이 그 정도 예산을 사용했다면 다른 기업들도 마찬가지였을 것이다. 거의 비슷한 규모로 보급대를 꾸렸으니 비용 또한 비슷하게 나왔으리라.

보급품의 가격보다 보급대의 부대비용으로 들어간 비용이 더 많은 것은 뉴 어스의 특수한 환경 때문이다.

뉴 어스에서는 차량을 비롯한 모든 중장비와 수송 장치를 사용하지 못하기 때문에, 수레 따위를 최대한 이용한다 하더라도 대부분 인력으로 물품을 수송해야만 했다.

파워 슈트 등을 이용한다고는 하지만 사람 손으로 옮겨야 하다 보니 수송량에 따라 필요 인력이 어마어마하게 들어가고, 시간도 오래 걸렸다.

그러다 보니 인건비는 물론 그 많은 인력들의 식비와 관리비까지 필요하다. 그 전체를 모두 호위해야 하니 호위 의뢰비도 비쌌다.

경비로 드는 돈을 다 합치면 각 기업으로서도 만만치 않은 지출이었지만, 어쩔 수 없이 새는 돈이라고 생각하고 있었다.

그렇기에 뉴 어스에 쉘터를 건설하는 것은 지구에서의 건설 사업과는 차원이 다를 정도로 막대한 예산이 필요했다. 정진이 쉘터를 건설하겠다고 했을 때, 전기수 헌터 협회 회장이 콧방귀를 뀐 것은 바로 이런 이유에서였다.

하지만 그것은 정진의 능력을 생각지 않고 섣부른 결단을 내렸기에 그런 것이기도 하다.

정진에게는 마법이 있다. 물론 만능은 아니지만, 마법은 현대 과학 이상의 뛰어난 범용성을 가진 학문이다.

보급 문제 또한 아케인 클랜 소속 헌터들이 가지고 있는 공간 확장 배낭만 있으면 그리 힘든 일도 아니었다.

이 배낭은 정진이 게이트를 오가며 각종 장비와 몬스터의 부산물을 옮겨야 하는 소속 헌터들을 위해 심혈을 기울여 만든 것으로, 1톤 정도의 짐을 담을 수 있도록 내부 공간이 2.5톤 트럭의 짐칸 정도로 넓었다. 부피뿐만 아니라 무게 또한 대폭 줄어들어, 많은 짐을 들고도 장시간 지치지 않고 움직일 수 있도록 되어 있다.

또 하나의 좋은 점은 바로 게이트 통과 비용을 절감할 수 있다는 사실이었다.

게이트를 통과할 때는 사람은 물론, 지니고 통과할 수 있는 물품에도 부피와 무게에 따라 세금을 비롯한 이용료가 부가된다.

하지만 배낭 하나 정도라면 입장 인원의 개인 물품으로 취급되기에, 별도로 비용을 지불할 필요가 없었다. 때문에 물류 수송료가 없는 것이나 마찬가지였다.

정진은 굳이 그런 이야기를 전기수에게 설명하지 않았다.

이미 전기수 회장이 완전히 돌아섰다는 것을 깨달은 이후로는, 아케인 클랜의 내부적인 사항들을 이야기해 가며 설득할 필요를 느끼지 못한 것이다.

영원의 숲 입구에 아케인 클랜의 전용 쉘터 건설을 시작하게 되면, 공사와 관련된 인원들은 사전에, 그 후로도 아케인 클랜의 소속 헌터들과 직원들 모두가 차차 그곳으로 이동해야 한다.

어차피 이동하는 도중 흰머리산에 건설되고 있는 쉘터까지의 보급을 맡아 의뢰비용까지 받을 수 있다면 일석이조라는 심산이었다.

영원의 숲에 안전한 통로가 생겨났다는 것을 은연중에 외부에 알릴 수 있는 기회이기도 했다.

빙긋 미소를 지은 정진이 말했다.

"각 기업에서 따로 보급대를 꾸리고 호위 의뢰를 하실 것이 아니라, 아예 흰머리산으로 들어가는 보급 전체를 저희에게 의뢰하시는 것이 어떻습니까?"

"보급대를 꾸리려면 대규모 인원이 필요할 텐데, 가능하겠나?"

대성 실업의 장도운 사장이 살짝 의심 섞인 눈초리로 물었다.

아케인 클랜에 보급을 전담시키면서 비용을 줄일 수 있다면 자신들이야 좋지만, 기껏 보급대가 성공하여 프로젝트에 빛이 보이려 하는 지금 또다시 실패한다면 곤란했다.

"그 부분은 염려하지 않으셔도 됩니다. 그건 저희 아케인 클랜에서 보증을 하겠습니다. 만약 보급에 차질이 생긴다면 손실이 생긴 만큼 아케인 클랜에서 보상하겠습니다."

정진은 아예 아케인 클랜의 자산을 팔아서라도 보상하겠다고 덧붙였다. 아주 당당하고 여유 있는 말투였다.

듣고 있던 이들은 모두 놀란 표정을 지었다.

특히 노인수의 표정이 볼만했다.

정진은 이제 겨우 20대 후반을 바라보는 젊은이다. 문득 자신은 저 나이였을 때 무엇을 했나 싶은 생각이 들었던 것이다.

그때 노인수는 비록 아버지의 명령으로 회사에서 일말의 직책을 맡고 꾸려 나가고도 있었지만, 친구들과 어울려 놀거나 여유를 만끽하는 것을 더 좋아했다.

그런데 눈앞에 있는 정진은 자신과 대한민국 경제를 이끌어가는 노련한 기업인들을 상대로 거래를 하고 있다. 그것만 봐도 정진이 얼마나 큰 인물인지 알 수 있었다.

동시에 마음속 깊은 곳에서 정진에 대한 질투심이 일기 시작했다.

'대단한 놈이구나. 이러니 인태가 그렇게 되었지.'

정신이상으로 폐인이 되어버린 자신의 동생을 생각한 노인수의 머릿속에는 정진에 대한 경각심이 생겨났다.

하지만 질투는 질투이고 사업은 사업이다.

다시 방금 전 정진이 하는 이야기를 되새겨 본 노인수는 정진의 제안이 결코 손해가 아니란 판단을 내릴 수 있었다.

아케인 클랜이 어떻게 할 것인지는 모르겠지만, 일단 보급대 전원이 헌터들일 테니 특별히 돌발 상황이 발생하지 않는 이상 무사히 도착할 수 있을 것이다.

그렇게만 된다면 보급에 따른 의뢰비를 조금 더 쳐 준다고 해도 상당 부분 예산을 절감할 수 있으리라는 것은 삼척동자라도 알 수 있었다.

"손실이 있을 때 보상을 해주겠다면 우리 노태에서는 아케인 클랜에 보급을 맡기겠소."

노인수가 머릿속으로 계산을 마치고 먼저 대답을 했다.

대성 실업이나 성대 건설 등 다른 관계 기업의 대표들도 뒤질세라 정진에게 의뢰를 하였다.

어차피 자신들에게 손해가 없는 일이었다.

성공만 하면 막대한 예산을 줄일 수 있고, 실패를 해도 손실에 대한 보상을 받을 수 있다면 딱히 손해도 없다.

정진의 입가에 미소가 걸렸다.

확실히 이번 일은 자신이나 이들도 모두 윈윈 하는 좋은 일이었다.

그러니 당연히 자신의 제안을 거부하지 않을 것이라 예상하고 있었다.

"현명한 판단이십니다."

정진은 말을 하며 자리에서 일어나 손을 내밀었다.

이 자리에 있는 사람 중 가장 나이가 어린 정진이 먼저 손을 내민 것이 어떻게 보면 무례하게 보일 수도 있다. 하지만 그 모습은 전혀 어색해 보이지 않았기에, 어느 누구도 그것을 가지고 뭐라 트집을 잡지 않았다.

†   †   †

뉴 서울에서 북쪽으로 200㎞ 정도 떨어진 영원의 숲 입구.

많은 사람들이 부산스럽게 이동하며 무언가를 만들고 있었다.

영원의 숲에서 잘라온 커다란 나무들을 이용해 목책을 만들고, 그 안쪽으로 땅을 파헤치고 있다.

바로 아케인 클랜이 기획한 쉘터의 건설 작업이었다.

아케인 클랜은 몬스터의 등장으로 일거리가 줄어든 이후 놀고 있던 지구의 목수들에게 의뢰를 하여 목조건물을 짓고 있었다.

사실 처음에는 철근과 시멘트를 이용해 쉘터 건물을 올리려고 했으나, 흰머리산 쉘터 공사와 국토 수복 이후 일어난 개발 붐으로 지금 건설자재를 구하기란 하늘의 별 따기였다.

물론 구하려고 노력한다면 못 구할 것도 없지만, 어차피 이곳 쉘터는 헌터들이 영원의 숲으로 사냥을 떠나기 전 최종적으로 정비를 하는 곳으로서, 굳이 시멘트 건물을 고집할 필요는 없었다.

또한 크고 튼튼한 목재가 많은 영원의 숲이 바로 앞에 있으니, 굳이 지구에서부터 자재를 가져올 필요 없이 목조건물을 건설하면 경비도 아끼고 더 좋지 않겠는가.

나무로 쉘터를 짓자는 이야기를 처음 꺼낸 것은 정진이었다.

마법을 가미한다면 목조건물일지라도 시멘트 건물 못지않은 강도로 만드는 것은 일도 아니었다. 어쩌면 그게 더 특색 있고 좋을 수도 있다고 정진은 생각했다.

그래서 아예 아케인 쉘터의 건물 모두를 목조건물로 짓기로 결심하고, 계획보다 더 많은 목수를 모집하였다.

물론 지구에서부터 목수를 위험한 뉴 어스에 조달하는 것은 무척이나 힘들었다.

정진은 목수들에게 다섯 배에 달하는 높은 임금을 지불하겠다고 제안했다. 또한 안전을 위해서 아케인 클랜이 보유한 열 기의 아머드 기어를 전부 공사 현장에 배정하고, 흰머리산으로 가는 보급 의뢰를 떠나는 헌터들을 제외한 모든 소속 헌터들을 투입하겠다고 약속했다.

그러자 목수들도 하나둘 안심을 하고 계약하여, 건설 의뢰 소문이 난 뒤에는 좋은 실력의 목수들을 다수 구할 수 있었다.

Chapter 3
협상

　한편, 얼마 전 정진과 전기수 회장의 회담 직후.

　천향에서 나온 정진은 잠시 천향 앞의 도로를 무심히 쳐다보았다.

　정진의 심정이 어떻거나 말거나, 도로 위의 자동차들은 각자 자신이 달려가고자 하는 곳으로 달려가고 있었다.

　자신의 진로를 막는 다른 차가 나타나면 경적을 울리기도 하고, 자신이 가고자 하는 차선으로 변경을 하면서.

　그런 모습을 가만히 바라보던 정진의 눈이 반짝였다.

　"그래, 나와 함께 가지 않겠다면 치워야겠지."

　낮은 목소리로 그렇게 중얼거린 정진은 휴대폰을 꺼내 전화를 걸었다.

"상무님, 접니다. 어디십니까?"

전화를 받은 사람은 이기동 상무였다. 그는 천향에서 얼마 떨어지지 않은 곳에 있다고 대답했다.

전기수 회장을 따라 협회로 가지 않고 근처에서 기다리고 있었는데, 마치 정진이 나오기를 기다렸다는 듯한 말투다. 정진은 그가 전기수 회장이 아닌 자신을 택했다는 생각에 소리 없이 웃으며 말했다.

"그럼 제가 그쪽으로 가겠습니다. 잠시만 기다려 주십시오."

전화를 끊은 정진은 이기동이 기다리고 있다는 카페로 향했다. 조금 전 함께 식사를 한 천향에서 단 20m 정도 떨어져 있는 가까운 곳이었다.

금방 카페 안으로 들어선 정진이 카페 내부를 살폈다. 하지만 이기동의 모습은 보이지 않았다.

정진은 조용히 2층 계단을 올라갔다.

2층 구석, 잘 보이지 않는 자리에 이기동이 앉아 있는 모습을 포착했다.

기둥과 화분들로 가려져 있는 자리로, 언뜻 봐서는 그런 자리가 있는지도 모를 정도로 구석에 위치해 있어 카페 직원들은 물론 다른 손님들의 눈에도 잘 띄지 않는 곳이었다.

아마 다른 사람들이라면 이기동이 그곳에 있는 줄 모르고 한참을 찾아 헤매야 했을 것이다.

하지만 정진은 마도사다. 눈에 보이지 않는 마나라는 에너지를 몸에 모아서 그것을 의지만으로 비틀어 현상을 만들어내는, 7클래스 마법을 사용할 수 있는 지구 유일의 사람이었다.

사람의 기운을 느끼는 것은 그에게 마나를 느끼는 것보다 훨씬 쉬운 일이었다.

"여기 계셨군요."

"아, 어서 오십시오."

홀로 카페 의자에 앉아 생각에 잠겨 있던 이기동이 급히 일어나며 정진을 맞았다.

사실 이기동은 조금 전 식당에서 있었던 일로 많은 고민을 하고 있었다.

정진의 메시지를 받고 일단 전기수 회장과 떨어져 정진을 기다리고는 있었으나, 아직 망설임이 그의 마음 한구석에 남아 있었던 것이다.

식당을 나와 정진과 다시 만나기까지 겨우 5분도 되지

않는 시간이었지만, 이기동에게는 여삼추였다.

머리를 싸매고 고민하던 그가 결단을 내린 것은 정진이 카페를 들어선 바로 방금 전이었다.

이기동은 전기수 회장이 아닌, 정진과 손을 잡기로 결심했다.

정진과 손을 잡기로 결정한 이기동은 누가 갑이고 누가 을인지 깨닫고 정진에게 존칭을 사용하기 시작했다.

처음에는 어떻게든 정진과 전기수 회장의 관계를 회복시킬 방법이 없을까 고민하고 있었다.

그런데 정진과 통화하며 어디에 있다, 지금 가겠다라는 간단한 말을 주고받았을 뿐인데도 어지러웠던 머릿속이 마치 빗물에 씻겨 내려가듯 깨끗하게 풀리는 느낌을 받은 것이다.

그가 내린 결론은 굳이 정진과 전기수 회장을 화해시킬 필요가 없다는 것이었다.

전기수 회장과 자신을 지금의 자리에 올린 것은 정진이라고 해도 과언이 아니다. 그만큼 정진과의 인연은 결정적인 역할을 했다.

그도 욕심이 생겼다.

부장의 자리에서 이리 치이고 저리 치일 때만 해도 이

사 정도만 되면 좋겠다는 소박한 소망이 있을 뿐이었다. 하지만 헌터 협회 내 파벌 싸움으로 이사가 되기가 어렵다는 것을 너무도 잘 알고 있기에, 그런 꿈은 포기하고 있었다.

그런데 정진을 만난 이후, 전기수 회장과 정진 사이에서 다리 역할을 하던 자신도 덩달아 권력 싸움에서 승자가 될 수 있었다.

정진과의 만남을 소중히 여기고 그와의 관계를 더 돈독히 하기 위해 노력하면서, 그보다 뒤인 상무이사까지 오르게 되었다.

이대로만 진행이 된다면 이사 중의 꽃이라는 전무이사의 위치까지 치고 올라가는 것도 꿈은 아니었다.

그에게 권력을 약속한 것은 협회 내에서 부동의 위치에 오른 전기수 회장이다.

하지만 그 전기수 회장에게 권력을 가져다준 것이 바로 정진이다.

직위로만 본다면 정진은 단순히 한 헌터 클랜의 장이다. 그러나 그것은 겉으로 드러난 사실에 불과하다는 것을 그는 잘 알고 있었다.

옆에서 몇 년간이나 지켜본 이기동에게 정진은 알면 알수록 놀랍고 불가사의한 존재로 느껴졌다.

그런 정진이 자신을 밀어준다면 전기수 회장처럼 부동의 권력을 갖게 되는 것도 불가능하지만은 않겠다는 생각이 들었다.

그는 앞자리에 앉는 정진의 얼굴을 보며 결심을 굳혔다. 이 사람이 있다면 헌터 협회 회장의 자리에 욕심을 낼 수 있다.

이기동의 이런 결정은 결코 무모한 생각도, 섣부른 판단도 아니다.

화를 내며 나가는 전기수 회장을 수행하는 자신에게만 따로 메시지를 전한 것만 보아도 정진이 어떤 생각을 하고 있는지 짐작할 수 있었다.

그리고 결정적으로 정진은 방금 전 전화를 걸어, 어떤 설명도 없이 자신의 위치만을 확인했다. 그가 자신을 선택할 줄 알았다는 듯이.

자신의 판단이 틀리지 않았다는 것을 깨달은 이기동은 머리끝에서부터 짜릿하게 온몸을 타고 흐르는 전율을 느꼈다.

동시에 자신을 보며 다시 한 번 인사를 하는 정진의 목소리를 듣자, 마음 깊이 안심이 되었다. 대체 무엇 때문에 안

도감이 드는 것인지 이기동은 알 수 없었지만, 덕분에 차분하게 정진을 맞을 수 있었다.

"저를 왜 따로 만나자고 한 것입니까?"

이기동은 조심스럽게 물었다.

질문을 받은 정진은 입가에 미소를 지으며 오히려 이기동에게 되물었다.

"제가 무엇 때문에 이 상무님을 따로 뵙자고 한 것인지 모르시겠습니까?"

그러자 이기동도 미소를 띠었다.

"제가 생각하는 이유가 맞습니까?"

"상무님이 협회에 신임 회장이 필요하다고 생각하고 계시다면, 제 생각도 그렇다고 말씀드리고 싶습니다."

정진은 미소 띤 얼굴로 이기동의 시선을 피하지 않았다.

그 시선은 이기동에게 신임 회장에 오를 생각이 있는지 의견을 물은 것이나 마찬가지였다.

그런 정진을 마주 보며 잠시 침묵하던 이기동이 운을 띄우듯 말했다.

"사실 지금 전기수 회장님의 조금 독선적인 면에 대해, 각 헌터 클랜에서 원성이 들려오고 있습니다."

"그럼 안되죠. 헌터 협회가 무엇 때문에 존재하는 것인데요. 헌터들의 입장을 대변해야 할 헌터 협회의 회장이 헌터들의 의견을 무시하다니, 주객이 전도된 거나 다를 바 없습니다."

"저도 그 점에 대해서는 동감합니다. 그래도 그동안 전기수 회장님께서 이룩해 놓으신 것이 너무 대단해서……."

이기동은 은근히 말끝을 흐렸다.

이기동이 말한 전기수 회장의 업적이란 바로 헌터 협회의 재정적 자립에 관한 부분이었다.

처음 헌터 협회는 정부 지원금과 일부 기업들의 후원금을 모아 설립되었다. 때문에 정책의 방향마저도 정부와 기업들의 입김에서 크게 벗어나지 못하였다.

협회 내 파벌 싸움 또한 정부의 영향을 받은 협회 직원들과 기업에서 심어둔 이들 간의 경쟁이 시작이었다. 내부가 통일되어 있지를 못하니 협회는 중구난방으로 흘러갔고 무슨 일을 하더라도 군소리가 나왔다.

그러던 차에 매직 웨폰 경매와 포션의 독점 판매를 하게 되자, 많은 돈을 벌어들이게 된 헌터 협회는 예산 확보를 위해 정부나 기업의 눈치를 볼 필요가 없어졌다.

아니, 오히려 정부와 기업들이 이제는 헌터 협회의 눈치를 봐야 할 정도로 입장이 180도 바뀌게 되었다.

전기수 회장이 권력을 얻은 것도 바로 이러한 문제를 해결했기 때문이 아닌가.

"그렇게 될 수 있도록 매직 웨폰과 포션을 제공한 사람이 바로 접니다. 만약 제가 그것들의 공급을 중단한다면 어떻게 되겠습니까?"

이기동의 이야기를 듣고 있던 정진이 담담하게 말했다.

하지만 이기동은 그 한마디를 그저 그런 이야기로 흘려들을 수 없었다.

매직 웨폰과 포션의 판매 사업은 현재 협회 재정을 확보하는 가장 큰 재원이었다.

매직 웨폰의 경우도 꽤 타격을 입겠지만, 그것은 그래도 감당할 수 있는 정도다.

하지만 포션은 아니었다. 포션 판매 수익은 헌터 협회 재정의 거의 반 이상을 차지하고 있다. 만약 정진이 공급을 중단한다면 헌터 협회는 존립 자체가 위태로워질 수도 있다.

서민은 가계에 수입이 줄어도 어떻게든 적응해 생활을 할 수가 있다. 하지만 부자는 그렇지 않다.

헌터 협회 또한 마찬가지였다.

예전 정부 지원금이나 기업들에서 들어오는 후원금을 받

아 협회를 운영할 때는 쪼들리는 예산을 쪼개고 쪼개 협회를 운영했다. 어떻게든 조금이라도 재정을 충당하기 위해 협회 차원에서 할 수 있는 모든 사업에 최선을 다했다.

정진이 마도사가 되기 전만 생각해도 헌터 협회는 클랜들로부터 미미한 의뢰비를 받아가며 던전 탐사에 필요한 일꾼 모집 광고도 하고 있지 않았는가.

지금에 와서 그렇게 다시 되돌아갈 수도 없다.

이미 풍족한 재정에 익숙해진 협회는 현재 재정 압박에 대한 대응책이 전혀 없었다.

더구나 예전처럼 이곳저곳에서 자금을 끌어다가 운용한다면, 또다시 협회 내에 영향력을 끼치려는 곳들이 늘어날 테고, 각각의 자금줄에 따라 협회 내의 인물들이 이합집산하며 분열될 수도 있었다.

이기동은 상상만으로도 진저리가 쳐질 정도로 공포스러웠다.

"하지만… 그렇게 되면 정정진 클랜장과 아케인 클랜에 대한 평판이 좋지 않게 될 것입니다. 지금도 아케인 클랜을 좋지 않게 생각하는 곳이 있는데, 앞으로 아케인 클랜이나 정정진 클랜장의 행보에 마이너스가 될 수도 있습니다."

다급해진 이기동이 간곡하게 부탁했다.

"물론 그럴 수도 있습니다. 하지만 그런 평판이 무서워 협회의 부당한 대우를 그냥 보아 넘길 수는 없습니다. 저라고 무골호인처럼 퍼 줘야 한다고 생각하시는 건 아니겠죠?"

그럴 마음은 애초에 없었다.

하지만 자신이 물에 물 탄 듯, 술에 술 탄 듯 이리 치이고 저리 치여도 하하 호호 웃기만 하는 그런 사람은 아니란 것을 명확하게 주지시켜야 한다고 정진은 생각했다.

혹시나 이기동이 헌터 협회장이 되고 나서, 그 또한 전기수 회장처럼 바뀌게 되면 곤란하다.

물론 지금까지 지켜본 이기동에 대한 평가는 그렇지 않았기에 지금 정진이 이기동을 밀어주고 있는 것이지만, 마법사라는 존재는 본래 모든 위험을 생각하며 대비하는 존재들이었다.

"그런 뜻은 없었습니다. 제 말은 그저 포션과 매직 웨폰 판매 수익이 헌터 협회의 재정에 많은 지분을 차지하고 있다는 말입니다. 클랜장께서도 아시지 않습니까? 만약 그런 일이 발생한다면 협회 운영에 큰 차질이 벌어질 수 있습니다."

이기동이 손을 내저으며 급히 변명했다.

정진은 굳이 자신을 어려워하는 듯한 그의 태도를 바꾸지 않았다.

이기동이 그런 생각을 하면 할수록 자신에게 실수를 하지 않으려 조심하게 될 것이다. 적당히 오해를 만들어두는 것도 나쁘지 않겠다는 판단이었다.

"뭐, 굳이 그런 방법이 아니더라도 전기수 회장을 자리에서 물러나게 하는 방법은 많습니다."

정진이 마치 포석을 깔아두듯 말했다. 이기동은 더 이상 말을 잇지 못했다.

"전기수 회장님은 협회장의 자리에 있으면서 상당히 많은 공금을 개인적으로 사용하셨더군요."

"그건……."

"협회 외부인으로서 깊게 따지진 않겠지만, 재정 확보에 도움을 드린 제가 분명 헌터들을 위해 적절히 분배하도록 부탁을 드렸는데, 개인적인 이유로 제 부탁을 무시하신 것은 그냥 보아 넘기기 어렵겠습니다."

말을 멈추고 입을 다문 정진은 지긋이 이기동 상무의 눈을 쳐다보았다.

전기수 회장의 최측근이 되어 그의 곁에서 많은 업무를

보던 이기동은 속으로 무척이나 찔렸다.

그 또한 전기수 회장의 밑에서 떨어지는 떡고물을 받아먹은 것이 있기에, 아무 대답도 할 수 없었다.

"이 상무님을 탓하려는 것은 아닙니다. 사람이 사업을 하면서 많은 돈을 만지게 되면 욕심이 생길 수 있습니다. 하지만 전기수 회장은 도를 넘어섰습니다. 자신의 것도 아닌데, 그것을 가지고 부당한 이득을 취한다는 것이 말이나 되는 소립니까. 안 그렇습니까?"

정진은 이기동을 상대로 '네 잘못은 그럴 수 있다, 하지만 전기수 회장은 사람들이 인정할 수 있는 범위를 벗어난 일이다' 라는 듯 면죄부를 주었다.

그러자 변명의 여지를 찾고 표정이 밝아진 이기동이 고개를 끄덕였다.

"한순간의 욕심으로 한눈을 팔기는 했지만, 그렇다고 제 본분을 잊은 적은 없습니다. 처벌을 달게 받고, 앞으로는 제 본분을 다하도록 노력하겠습니다."

마치 고해성사를 하듯 이기동이 두 손을 앞으로 모으며 말했다.

"이 상무님의 마음은 잘 압니다. 저와 함께 앞으로 헌터들의 권익을 보장하는 헌터 협회가 되도록 개혁하는 데 앞장서 주시겠습니까?"

"예, 그러겠습니다."

이기동이 얼른 고개를 끄덕여 보였다.

정진은 그동안 전기수 회장이나 자신, 헌터 협회 관계자
들이 남몰래 무슨 일을 어떻게 하고 있었는지 다 알고 있다
는 뉘앙스를 풍겼다.

그러나 한 번 생각한 일은 철저히 하고야 마는 정진의 성
격을 잘 아는 이기동은 섣불리 정진을 떠볼 생각도 하지 못
했다.

결국 괜히 여기서 뒤로 물러서기 보단 정진의 손을 잡고
그와 함께 앞으로 나가는 것만이 자신의 살길이란 것을 깨
달은 것이다.

정진은 계속해서 포커페이스를 유지했다. 이기동의 너머
를 쳐다보며 무언가를 생각하는 듯했다.

잠시 후, 이기동이 다시 헌터 협회로 돌아간 뒤.

홀로 남아 창밖을 보고 있던 정진은 조용히 휴대폰을 꺼
내 어디론가 전화를 걸기 시작했다.

"안녕하십니까, 청장님. 정정진입니다."

✝   ✝   ✝

정진의 전화를 받은 사람은 바로 헌터 관리청장 박용욱이었다. 시간이 다소 늦은 관계로 그날 바로 만날 순 없었지만, 박용욱은 스케줄을 반쯤 무시하고 바로 다음 날로 정진과의 약속을 잡았다.

정진은 현재 대한민국에서 가장 잘나가는 헌터 클랜의 클랜장이자, 매직 웨폰과 포션을 독점 공급하는 사람이었다. 헌터 관리청장인 박용욱으로서는 누구보다도 신경을 써야 할 인물 중 하나였다.

현재 시각은 저녁 6시 30분. 약속 시간은 아직 30분이나 남아 있었다.

하지만 정진은 약속 시간보다 30분이나 먼저 나와 박용욱 청장을 기다리고 있었다.

그때, 문이 열리고 누군가 안으로 들어왔다.

"일찍 도착하셨군요."

방 안으로 들어선 사람은 헌터 협회의 이기동 상무였다.

정진이 오늘 박용욱 청장을 만나는 이유는 바로 전기수 회장의 비리를 그에게 알리고, 헌터 협회장의 교체에 대한 이야기를 꺼내기 위해서였다.

하지만 헌터 협회 직원도 아니면서 일개 헌터 클랜장이

헌터 협회의 문제에 끼어드는 것은 헌터 관리청의 입장에서 보면 자칫 오해를 살 수도 있는 문제였다.

정진은 전기수 회장의 측근이었던 이기동 이사와 함께 만나는 것이 박용욱 청장을 설득하는 데 더 좋을 것이라고 판단했다. 동시에 차기 회장으로 추대할 이기동을 곧바로 추천할 수 있으니 더 좋을 것이다.

"제가 부탁한 자료는 준비하셨습니까?"

"네. 설마 전기수 회장님이 이렇게나……."

이기동은 말끝을 흐렸다.

어제 이기동이 돌아가기 전, 정진은 이기동에게 전기수 회장의 비리에 관해 조사해 주었으면 한다고 말했다. 이기동이 늦은 시간임에도 자택이 아닌 협회로 돌아간 데에는 그런 연유가 있던 것이다.

비록 하루밖에 시간이 없어 모든 자료를 수집할 수는 없어도 이기동이 전기수 회장의 측근이 된 이후의 자료는 모두 모을 수 있었다.

그런데 자료를 수집하면서 확인한 전기수 회장의 비리는 이기동이 알고 있던 것보다 훨씬 심했다.

물론 어떤 조직이든 내부에 비밀이 있고, 어떤 권력자든 일말의 의혹은 있는 법이다.

헌터
프론티어

이기동 본인도 헌터 협회에서의 직급이 오르면서 여기저기서 뇌물을 받았다. 그 스스로도 절대 자신이 깨끗한 사람이라고는 생각지 않았다. 털어서 먼지 한 톨 나오지 않는 사람이 어디 흔하겠는가.

자신에게 뭐라도 하나 더 해주는 사람에게 더 신경을 쓰게 되는 것은 인간인 이상 어쩔 수 없었다.

그러나 전기수 회장이 개인적으로 착복한 공금은 그야말로 어마어마한 액수였다.

특히 헌터 협회에서 독점적으로 판매를 하고 있는 포션으로 인한 이익의 상당 부분을 가로챘던 것이다.

이는 최측근인 자신도 모르게 진행하던 일이었다. 미처 확인하지 않고서는 지나칠 법한 부분에 숨겨져 있던 그것을 발견한 이기동은 전기수에게 큰 배신감을 느꼈다.

하지만 그것도 잠시, 어차피 더 이상 돌아올 수 없는 강을 건넌 사이라고 생각했다.

이기동은 자신이 가져온 서류 가방에서 서류철 하나를 꺼내 탁자에 올려놓았다.

쿵!

정진은 이기동이 가방에서 꺼낸 서류철을 지긋이 쳐다보았다.

"이것입니까?"

"예, 설마 4년 사이 이렇게나 많은 비리를 저질렀을 것이라고는 저도 상상하지 못했습니다. 어찌나 교묘하게 숨겨놓았는지 자세히 들여다보지 않았다면 그냥 넘어갈 뻔했습니다."

테이블 위에 놓인 서류철을 한 장, 한 장 넘겨가며 확인하던 정진은 아무 말도 하지 않고 서류를 다시 덮었다.

그러고는 가만히 고개를 끄덕였다.

자신이 알고 있던 비리뿐만 아니라 다른 여러 가지가 서류철 안에 있었던 것이다.

그중에는 정부 지원금을 상당 부분 개인적으로 사용한 흔적도 있었다.

그것만 가지고도 전기수 회장을 자리에서 물러나게 할 수 있을 것이었다.

몇몇 경우에는 서류에 나와 있는 숫자가 자신이 가지고 있는 것과 차이가 났다. 아무리 이기동이 자세히 조사를 했다고는 하지만 하루만에 교묘하게 숨겨놓은 숫자를 모두 정확하게 파악하지는 못한 것이다.

만약 시간이 조금 더 넉넉하게 있었다면 달라졌을 것이지만, 지금 있는 자료만으로도 충분했다.

똑똑.

노크 소리가 들리고 바로 문이 열리면서 곱게 한복을 차려입은 여성이 말했다.

"손님이 오셨습니다."

그녀의 뒤로 박용욱 청장이 들어왔다.

정진과 이기동은 얼른 자리에서 일어나 안으로 들어오는 그를 맞았다.

"이런… 제가 좀 늦었습니다."

안으로 들어선 박용욱 청장은 미리 와서 자신을 기다리고 있는 정진과 이기동을 번갈아 보며 인사했다.

"아닙니다. 아직 약속 시간이 되려면 조금 남았습니다."

"청장님, 오랜만에 뵙습니다."

"아, 이 상무. 오랜만이네요. 그런데 헌터 협회에서 이 자리는 어쩐 일로?"

어제 늦은 시각 정진과 통화를 할 땐 이기동이 이 자리에 나온다는 이야기가 없었기 때문에 의아해 물어본 것이다.

"그건 제가 말씀드리겠습니다. 일단 자리에 앉으시지요."

박용욱 청장의 물음에 당황하고 있는 이기동을 대신해 정진이 나섰다.

"아, 제가 조금 급했군요. 그래, 앉읍시다."

인사를 주고받던 세 사람이 자리에 앉자, 입구에 서 있던 여인이 물었다.

"바로 음식을 들여올까요, 아니면 조금 뒤에 내올까요?"

그녀는 이곳 송림정의 주인인 송소림이었다.

송소림은 젊은 나이에 기생이 되어 이쪽 계통에 잔뼈가 굵은 사람이었다.

기생이라 해도 TV 사극 드라마에 나오는 그런 기녀가 아니라, 말 그대로 기예를 선보이며 그녀를 찾는 상류층을 상대로 정보 장사를 하는 것이 송소림의 일이었다.

현대의 정보 단체들은 다양한 분야에 걸쳐 정보원을 뿌려 두고 있었는데, 그중에는 이렇게 술집이나 고급 음식점과 같은 곳은 물론이고 저 밑바닥의 조직폭력배나 인터넷 포털, 그리고 방송사 등을 통해서도 정보를 수집을 하고 있다.

이곳 송림정은 바로 정보원으로서 10년 이상의 내공을 쌓아온 송소림이 직접 운영하는 정보 수집처 중 하나였다.

"청장님, 제가 듣기론 이곳의 송화주가 그렇게 맛있다고 하더군요. 어떠십니까?"

정진은 박용욱 청장을 보며 물었다.

술을 특히나 좋아하는 박용욱 청장이 화색을 띠었다.

"하하, 나도 이야기만 들어보았지 사실 마셔보질 못했네."

"그러십니까? 그럼 이참에 다 같이 송림정의 명주라는 송화주를 한 번 마셔보기로 하죠."

"그거 좋습니다. 이거 정정진 클랜장 덕에 명주를 맛보겠습니다."

이기동도 정진의 말에 얼른 맞장구를 쳤다.

가만히 문 근처에 서 있던 송소림의 눈이 살짝 반짝였다.

정보 단체를 운영하는 그녀에게 정정진이라는 이름이 갖는 무게는 특별했다.

하지만 정진이 정치적인 만남이나 사업적으로 만나는 이들은 극히 드물다고 알려져 있고, 그녀가 관리하는 정보 수집처에는 그동안 정진이 방문한 적이 없었다. 송림정과 연줄이 닿는 다른 정보 단체들도 마찬가지였다.

때문에 완전히 미궁에 싸여 있는 아케인 클랜의 클랜장이 지금 자신의 업소에 찾아온 것이다.

송소림은 정진이 대체 무엇 때문에 헌터 관리청의 청장을 이렇게 은밀히 만나는 것인지 궁금해졌다.

매직 웨폰의 제작과 관련한 것은 헌터 협회에서 아케인

클랜에 판매권을 일부 넘기면서 정보를 공개한 덕에, 정진이 그 제작자라는 것은 일반인들도 다 아는 사실이었다.

하지만 포션 제작에 관해서는 외부에 전혀 알려져 있지 않다.

그러나 송소림은 정진이 포션 제작자라는 사실을 알고 있었다.

그녀가 이 사실에 대해 알게 된 것은 바로 4년 전이었다.

4년 전, 전기수 회장은 헌터 협회에서 자신과 대립하던 부회장 차현수와 그를 따르는 이들을 모두 숙청하는 데 성공했다.

전기수 회장은 그날 기념하는 의미에서 송림정을 찾았고, 갑자기 권력 구도의 수위에 오른 그의 기반을 궁금해 하던 송소림은 그가 취하도록 유도했다.

전기수 회장은 술김에 그만 포션 제작자가 정진이라는 것을 흘리고 말았다. 물론 너무 술에 취한 상태였기에 그 다음 날에는 자신이 무슨 말을 했는지 전혀 기억하지 못했다.

그 이후 송소림은 줄곧 정진과 접촉하거나 정보를 얻을 수 있는 방법을 찾고 있었으나, 조금도 빈틈을 찾아내지 못했다.

그런데 오늘 그 당사자인 정진이 직접 송림정을 찾아온 것이다.

송소림은 오늘 이곳에서 벌어질 대화로 뭔가 큰일이 벌어질 것만 같은 예감이 들었다.

얼른 밖으로 나가 감청실에 들러 주의를 주고 싶었지만, 그것을 표시를 낼 수 없어 가만히 기다렸다.

한편 박용욱 청장은 연신 입맛을 다시며 즐거워했다.

"송림정의 송화주라면 맛은 물론이고, 신경통과 피로 회복에도 좋다고 하더군. 나도 한 번 맛을 보기로 할까?"

"호호호, 탁월한 선택이세요. 저희 송림정의 송화주만 한 것이 어디 있나요?"

"그럼 그것으로 하겠습니다."

정진의 말이 떨어지기 무섭게, 송소림이 즉시 인사를 했다. 한시라도 빨리 이곳에서 벌어질 대화를 들어야 한다.

"알겠습니다. 그럼 준비가 되면 바로 가져오겠습니다."

달칵.

송소림이 밖으로 나간 뒤, 방 안은 조금 전과는 다르게 살짝 긴장감이 감돌기 시작했다.

"그래, 어쩐 일로 날 직접 보자고 한 것인가?"

박용욱 청장은 조금 전과 다르게 굳은 표정으로 물었다.

자신과 만나는 자리에 생각지 못했던 인물이 동행을 했기 때문이다.

가벼운 마음으로 자리에 나왔는데, 그도 잘 알고 있는 이기동 상무가 나와 있었다.

그가 알기로 이기동 상무는 헌터 협회장인 전기수의 오른팔과 같은 사람이다.

즉, 측근 중에서도 최측근에 속한다.

그런 이기동이 전기수 회장이 아닌 정진과 동행을 하고 있다는 것에, 평범하지 않은 변화가 일어났다는 것을 느낀 것이다.

정진은 별다른 표정 변화 없이 담담히 대답했다.

자신이 박용욱 청장과 은밀히 만나자고 한 이유에 대해서.

"헌터 클랜 클랜장으로서 청장님께 정식으로 현 헌터 협회장인 전기수 회장님의 하야를 요청합니다."

"뭐요?"

박용욱은 정진의 말에 깜짝 놀라 눈을 크게 떴다.

멀쩡히 잘 돌아가고 있는 헌터 협회의 우두머리를 갑자기 끌어내린다는 생각도 놀랍지만, 정진은 현 협회장인 전기수 회장과 친밀한 사이가 아니던가. 그런 그가 뜬금없이 왜 전기수를 격하한단 말인가.

뒤늦게 정신을 차린 그가 급히 물었다.

"아니, 갑자기 그게 무슨 말입니까? 전기수 회장님은 그 어느 때보다 별다른 불협화음 없이 협회를 잘 운영하고 있지 않습니까. 그런데 갑자기 하야라니, 무슨 이유로 그러시는 겁니까?"

"별일 없이 운영만 하는 것이라면 누구를 시켜도 할 수 있습니다. 하지만 별일이 있다면 어떻습니까?"

"별일이요?"

"전기수 회장은 협회에서 상상도 못할 어마어마한 금액을 횡령했습니다. 뿐만 아니라 전략 물자인 포션을 개인적으로 사용했습니다."

"예?!"

박용욱은 전기수 회장이 정부의 통제 품목인 포션을 개인적으로 사용했다는 말에 더욱 놀라 소리쳤다.

덜컹!

"송화실 켜!"

송소림은 실내로 들어서기 무섭게 소리쳤다.

그녀가 들어선 방은 송림정 지하에 있는 녹음실이었다.

겉으로는 상류층을 상대로 한 조용하고 분위기 좋은 음식점으로 위장하고 있지만, 사실 이 녹음실에서 녹음한 내용을 바탕으로 정보를 수집하여, 그들을 찾아오는 사람들을 상대로 정보를 판매하는 정보상이 송림정의 진짜 모습이었다.

송소림 본인이 그 정보를 이용할 때도 있는데, 바로 주식과 관련된 재계 정보들이었다. 정재계 인물들의 대화에서 수집한 정보를 바탕으로 100% 안전한 주식 투자를 할 수 있었다. 그 수익은 송림정을 비롯한 그녀가 관리하는 정보 기관의 운영비로 이용된다.

다른 정보상들과의 경쟁 구도까지 신경 써야 하기 때문에, 보다 빠르고 정확한 정보를 취득하기 위해서 수단과 방법을 가리지 않는 것이다.

송림정 각 방에는 도청 장치와 카메라가 숨겨져 있다. 녹음실에서는 각 방에서 일어나는 일을 감시하고, 무슨 대화를 하고 있는지 들을 수 있었다.

"사장님, 이상합니다."

송소림이 정진과 다른 사람들이 있는 송화실과 연결된 모니터에 집중하고 있을 때, 헤드폰을 쓰고 있던 직원 한 명이 소리쳤다.

"소리가 전혀 들리지 않습니다."

"뭐?"

그때, 또 다른 직원 한 명이 당황해 소리쳤다.

"어어?"

"또 뭐야!"

송소림은 부하 직원에게서 답을 듣기도 전에 또 다른 직원이 이상한 소리를 하자, 신경질적으로 소리쳤다.

"아무것도 들리지 않습니다."

"사장님, 화면이 잡히지 않습니다."

"뭐야?!"

송소림은 급히 전면의 모니터를 보았다.

정말로 그곳에는 더 이상 정진과 다른 사람들의 모습이 보이지 않았다. 전원이 꺼진 것처럼 검은 화면만이 있을 뿐이었다.

"대체 어떻게 된 거야? 빨리 원인 파악해!"

그러나 CCTV를 담당하던 직원도 원인을 알 수 없었다.

"잘 모르겠습니다. 사장님께서 송화실을 비추라고 하셔서 카메라를 조작한 순간, 먹통이 되었습니다. 조작도 먹히

지 않습니다."

"마이크도 마찬가집니다. 잡음도 안 잡힙니다. 뭔가 감청을 방해하는 장치를 작동한 것 같습니다."

"뭐?"

송소림의 얼굴이 순간 하얗게 질렸다.

설마 송화실에 있는 이들이 자신이 감청을 하는 것을 안 것은 아닌가 생각한 것이다.

만약 그동안 도청으로 정보를 수집하고 있었다는 것을 손님들이 알게 된다면 큰일이었다.

자신들의 행동을 누가 감시를 했다는 것이 알게 된다면, 송림정은 물론이고 그곳의 주인인 자신도 무사할 수 없었다.

그동안 자신들이 정보를 수집한 자들은 하나같이 그럴 만한 능력과 배경이 되는 존재들이었다.

송소림은 재빨리 녹음실을 빠져나와 어디론가 달려갔다. 대책을 세워야 하기 때문이다.

정말로 송화실에 있는 사람들이 자신이 감청하는 것을 알고 있는 것이라면, 그것이 외부에 알려지기 전에 이곳을 정리하고 빠르게 사라져야 한다.

송소림은 우선 주방에 주문을 했던 음식들이 모두 준비가 되었는지부터 알아보기로 했다.

음식이 준비가 되었다면, 직접 그것을 들고 송화실로 가서 분위기를 살피면서 사실 유무를 알아내려는 것이다.

Chapter 4

전기수 회장의 퇴출

박용욱은 이기동이 넘겨준 서류를 천천히 살펴보았다.

"음……."

마침내 서류를 덮은 박용욱은 심란한 표정을 지었다.

서류에 적혀 있는 내용을 쉽게 받아들이기가 힘들었다.

서류를 조작했을 가능성을 의심하는 것은 아니지만, 전부 사실이라고 하면 전기수 회장이 빼돌린 금액은 고작 한 사람이 착복했다고는 상상도 되지 않을 정도로 어마어마한 금액이었기 때문이다.

뿐만 아니라 서류에 의하면, 전기수 회장은 자신이 가지고 있는 직책을 이용해 헌터 협회에서 위탁 판매하고 있는 포션을 자신의 개인적 이득을 취하기 위해 사용하기도 했다.

일례로 자신의 큰아들이 다니고 있는 회사가 진행하는 미국 회사와의 수출 계약 건을 성사시키기 위해 협회에서 보유하고 있던 포션 일부를 사용한 흔적도 있었다.

포션은 전략물자로 분류되기 때문에, 외국으로의 유출을 엄격하게 제한하고 있다.

그런데 전기수 회장이 몰래 포션 일부를 빼돌려, 큰아들이 다니고 있는 회사를 통해 미국에 포션을 판매한 것이다. 아마 수출 계약을 진행하던 미국의 기업에서 먼저 운을 띄운 모양이었다.

전기수 회장의 큰아들은 이 계약 건으로 회사 임원으로 직급이 올라, 나이에 비해 상당한 직위에 앉아 있었다.

심지어 이것은 한 가지 예일 뿐, 큰아들뿐만 아니라 차남이나 장녀, 그 자식들까지 헌터 협회와 연관된 비리로 얽혀 있었다.

그러니 박용욱 청장은 뭐라 할 말이 없었다. 너무도 기가 막혔기 때문이다. 전기수 회장이 권력을 쥐면서 헌터 협회의 불협화음이 사라졌다는 것에 크게 만족했던 그는 뒤에서 이런 일이 벌어지고 있다는 것은 전혀 알지 못했다.

"이게 사실인가?"

박용욱 청장은 전기수 회장의 최측근인 이기동을 돌아보며 물었다.

"너무 급박하게 만든 자료라 빠진 부분이 있을지는 모르지만, 이 서류 안에 적힌 것은 모두 사실입니다."

"허… 아무리 열 길 물속은 알아도 한 길 사람의 마음속은 알 수 없다고 하지만… 정말 해도 너무하는군."

박용욱 청장이 나직하게 중얼거렸다.

아무리 전기수 회장의 공이 크다고 하더라도, 이런 문제가 있다면 당장 자리를 내놓고 처벌을 받아도 시원찮을 정도였다.

"물론 헌터 협회 회장이라는 것이 아무나 할 수 있는 자리는 아닙니다. 하지만 그렇다고 그 자리에 어울리는 인물이 없지도 않습니다."

박용욱 청장과 이기동의 대화를 조용히 듣고 있던 정진이 말을 꺼냈다.

"그래요? 그게 누굽니까?"

"저는 여기 있는 이기동 상무를 추천합니다."

마침내 자신의 이름이 나오자 이기동은 자신도 모르게 바짝 긴장하여 허리를 폈다.

물론 헌터 관리청의 청장인 박용욱이 허락을 한다고 해서 그가 바로 헌터 협회장의 자리에 앉게 되는 것은 아니었다.

하지만 헌터 관리청이 헌터 협회의 상급 기관인 만큼, 그의 추천이 있다면 헌터 협회장의 자리에 순식간에 가까워진다.

헌터 협회장 후보가 되기 위해서는 헌터 관리청장, 경제인 연합회장, 마지막으로 전임 헌터 협회장, 이 세 명중 적어도 한 명의 추천을 받아야만 출마할 자격이 주어진다.

이는 헌터 협회가 설립될 때의 세력 균형에 의해 정해진 것이다. 즉, 정계와 재계, 헌터계 중 어느 한 곳을 대표하는 인물이어야 하는 것이다.

정진은 여기서 가장 강력한 정부의 추천을 획득하고자 했다.

경제인 연합회의 추천권은 지금에 와서는 예전처럼 큰 힘을 발휘하지 못했다. 헌터 협회가 독자적으로 자립의 기반을 수립했기에, 더 이상 경제인 연합회에 좌지우지되지 않는 것이다.

하지만 정진은 오늘 박용욱 청장을 자신의 편으로 끌어들이는 데 성공한다면, 바로 다음으로 경제인 연합회를 찾아갈 생각이었다.

정진은 경제인 연합회에는 던질 미끼가 있었기에 오히려 박용욱 청장을 설득하는 것보다 더 쉬울 것이라고 예상했다.

어차피 그들은 이윤을 추구하는 사람들이니, 자신의 계획을 듣고 나면 오히려 그들이 더욱 적극적으로 나설 것이 분명했다.

침음하던 박용욱이 문득 이기동을 돌아보았다.

"자신 있나?"

"전기수 회장의 곁에서 많은 것을 배웠습니다. 저도 충분히 헌터 협회장의 의무를 할 수 있다고 자신합니다."

이기동은 조금도 빼지 않고 바로 단호하게 대답을 했다.

박용욱은 정진과 이기동이 단단히 준비했음을 깨달았다.

"이기동 상무라면 충분히 자신의 역할을 충실히 할 것입니다. 최소 누구처럼 권력에 취해 나라가 발전할 수 있는 길을 막으려 하지는 않을 것입니다."

"나라의 발전? 혹시 이것 말고 내가 모르는 것이 있나?"

'내가 모르는 뭔가가 있군.'

박용욱은 그동안 정진이 전기수 회장과 잘 지내왔는데 급격히 틀어지게 된 이유가 있을 것이라 생각하고 있었다. 정진이 운을 띄우자 바로 눈치 채고 먼저 물어왔다.

"청장님께서도 알고 계실지는 모르겠지만, 저희 아케인 클랜은 영원의 숲을 안전하게 통과할 수 있는 방법을 알아 냈습니다. 아니, 정확하게 말한다면 제가 알고 있는 것이지요."

정진은 담담하게 이야기했다. 그러나 그 내용은 절대 별거 아닌 것이 아니었다.

"아케인 클랜은 흰머리산 쉘터 보급대 호위 의뢰에서 영원의 숲을 돌파해 무사히 생환했습니다. 그리고 그 의뢰를 하면서 저는 안전한 루트를 발견했습니다."

박용욱 청장이 놀라움에 눈을 크게 떴다.

그도 영원의 숲에 관해선 잘 알고 있다.

신림동 게이트 너머 뉴 어스에는 헌터들이 들어가면 안 되는 몇몇 지역이 있다.

헌터들 사이에서 그곳은 금지 또는 금역이라 불린다. 그 이유는 그 지역에 들어가면 생존이 극히 어렵기 때문이다.

물론 다른 지역이 위험하지 않다는 것은 아니다.

어떤 지역의 몬스터건 인간에게 무척이나 위험한 존재라는 것은 마찬가지다.

하지만 금지에는 다른 곳과는 비교하지 못할 정도로 무시무시한 몬스터들이 살고 있었다.

금지에 들어가는 헌터는 백이면 구십구 명이 목숨을 잃었고, 나머지 하나는 회복하기 어려울 정도의 부상을 입고 간신히 빠져나왔다.

헌터들이라면 모두 근처에 가는 것조차 꺼려하는 뉴 어스의 금지.

그런데 5년 전, 금지 중 하나인 영원의 숲에서 무사히 귀환한 사람이 한 명 있었다.

"청장님도 알고 계시겠지만, 전 5년 전 영원의 숲에서 낙오되었다가 두 달 만에 살아 돌아왔습니다. 저는 그 당시 마법이란 힘을 얻었고, 매직 웨폰이나 포션 또한 그 힘을 바탕으로 제작한 것이지요. 그리고 이번에는 그 능력을 바탕으로 뉴 어스에 새로운 쉘터를 만들려고 합니다. 바로 영원의 숲 입구에 말입니다."

"……."

박용욱은 놀라움에 할 말을 잃었다.

쉘터 건설은 결코 그냥 흘려들을 수 없는 일이다.

몬스터 산업 선진국인 미국이나 유럽은 물론이고, 가까운 중국과 일본은 진즉부터 뉴 어스에 쉘터를 건설하여 뉴 어스 내의 영토를 늘려가고 있다.

뉴 어스 내의 영토 확보는 곧 몬스터로부터 얻을 수 있는 자원의 양도 많다는 것을 뜻한다. 이미 쉘터를 보유하고 있는 다른 국가들은 쉘터를 기반으로 안정적인 자원 확보를 하고 있었다.

그렇지만 뉴 어스에 쉘터를 건설하는 것은 여간 어려운 것이 아니었다.

많이 건설했다는 국가들도 다섯 개 미만의 쉘터를 가지고 있을 뿐이다. 가장 헌터 산업이 발달한 미국만이 유일하게 네 개의 쉘터를 가지고 있고, 유럽이나 중국, 일본은 네 개에서 두 개의 쉘터를 가지고 있었다.

대한민국 또한 뉴 어스에 쉘터를 만들기 위해 고심하고 있었다. 때문에 노태 그룹에서 흰머리산 쉘터 건설 프로젝트를 시작했을 때 적극 지원을 한 것이다.

게이트가 지구에 나타나고 30년이나 흘렀다. 맨 처음 뉴 어스에 쉘터를 건설한 지도 20여년이 넘었는데, 아직도 대한민국은 제3의 쉘터를 건설하지 못했다.

이것만 봐도 뉴 어스에 쉘터를 건설하는 것이 얼마나 어려운지 알 수 있다.

"그럼 자네의 그 마법이란 힘에 쉘터를 만들 수 있는 기술도 있다는 소린가?"

고심하던 박용욱이 조심스럽게 물었다. 괜히 흥분해 소리를 냈다가는 자신의 기대가 기포처럼 흩어질 것만 같은 느낌 때문이었다.

정진은 선선히 고개를 끄덕였다.

"예. 다만 지금 제가 건설하려는 것은 대규모 쉘터가 아닙니다. 저는 남극 세종 기지와 같은 개척 기반 시설을 만들 생각입니다."

"기반 시설이라……."

"현재 게이트 인근에 세워진 뉴 서울이나, 뉴 대전과 같은 대규모 쉘터가 아니라, 그곳에서 이삼일 정도 거리에 200~300명을 수용할 수 있는 작은 쉘터를 건설해 나갈 예정입니다. 그곳을 기반으로 하여 점진적으로 영토를 확장하는 것이죠."

"규모가 작으면 혹시 너무 위험해지는 것은 아닌가?"

박용욱은 문득 생각보다 상당히 작은 쉘터라는 생각이 들었다.

그는 뉴 어스에 처음 진출했을 때 최초의 쉘터를 만들기 위해서 얼마나 많은 고생을 했는지 기억하고 있었다.

건설을 위해서는 필연적으로 소음이 발생할 수밖에 없고,

그것은 주변의 몬스터들을 한정 없이 끌어들인다. 건설 장비도 운용할 수 없는 상황에서 몬스터들을 방비해 가며 쉘터를 세우는 것은 지구에 건물을 세우는 것과는 비교도 할수 없을 정도로 많은 시간과 자원을 필요로 했다.

그런데 겨우 수용 인원이 200∼300명인 초소형 쉘터가 건설 도중 몰려드는 몬스터들에게서 안전할 수 있을지 걱정이 되었다.

"그건 걱정하지 않으셔도 됩니다. 쉘터의 위치가 뉴 서울에서 불과 2∼3일 거리에 있기도 하고, 건설 전에 미리 쉘터가 들어설 지역에 분포하는 몬스터의 종류를 철저히 분석해 지형에 알맞은 형태로 건설할 계획입니다. 건설하는 동안은 물론, 쉘터 방벽이 세워지고 나면 규모는 문제가 안될 정도로 강력한 방어력을 갖게 될 겁니다."

정진은 자신의 계획을 보다 자세히 설명했다. 그러자 줄곧 불안한 마음을 갖고 있던 박용욱도 고개를 끄덕였다.

확실히 현재 국토 수복 이후 여기저기에서 건축물 복구에 한창인 정부에서 흰머리산에 건설 중인 쉘터 정도로 대규모의 쉘터를 만들 수 있는 여건이 될 것 같지는 않았다.

사실 흰머리산 쉘터 건설 프로젝트를 진행하면서, 미처 생각지 못했던 문제점이 발견되었다.

바로 기존의 쉘터와 거리가 너무 멀리 떨어져 있으면 건설이 더욱 어려워진다는 것이다. 실제로 흰머리산은 뉴 서울과 상당히 떨어져 있는데다 영원의 숲까지 통과해야 하기 때문에 보급에 큰 어려움을 겪고 있지 않았는가.

그런데 정진의 계획대로 기존 쉘터와 이삼일 거리밖에 떨어져 있지 않다면 보급이나 안전 문제도 그리 걱정할 문제는 아니었다.

"또한 몬스터의 접근을 사전에 방지하는 방법도 있습니다."

정진은 몬스터의 분비물을 이용해 하위 몬스터의 접근을 막는 방법을 살짝 흘렸다.

"그게 가능한 것입니까?"

이번에는 옆에 가만히 앉아 있던 이기동까지 놀라 질문했다.

"사실입니다. 몬스터도 짐승들처럼 각자 영역이 있습니다. 그리고 특별한 일이 없다면 영역을 벗어나지 않고 살아갑니다."

증명된 것은 아니었지만, 몬스터들이 활동하는 일정 영역이 있다는 것은 헌터들 사이에서 거의 정설처럼 받아들여지고 있었다. 헌터들은 여러 차례의 헌팅을 통해 알아낸 강력한 몬스터들의 영역 간 경계를 알아내, 그 경계를 따라 이동한다.

물론 그 영역은 유동적인 것이기 때문에 완전히 안심할 수는 없다.

몬스터들의 힘의 상관관계는 일반 동물들과 다르기 때문이다.

먹이사슬 가장 아래에 있는 몰록이나 고블린도, 때에 따라선 무리 지어 보다 상위 몬스터인 오크나 트롤 등을 사냥한다.

그러니 단순히 몬스터의 종류나 개체 수만을 가지고 영역을 추측하기는 어려웠다.

정진은 보다 상위 몬스터의 분비물을 이용해 임의로 상위 몬스터가 영역을 넓힌 것과 같은 상황을 만들어, 쉘터 간의 안전한 길을 확보하는 방법을 계획하고 있었다.

거기에다 정진의 마법 능력을 활용하여 보조한다면 지금까지와는 전혀 다른 이동로가 마련될 수 있을 것이다.

정진의 설명을 들은 이기동과 박용욱은 완전히 설득되어 고개를 연신 끄덕이며 경청했다.

"그렇다면 가능성이 보이는군요."

물론 정진의 말을 100% 확신하지는 않았지만, 성공할

가능성이 높은 기발한 계획이라는 점은 절대 부정할 수 없었다.

"그런데 전기수 회장은 이런 제 계획을 폄하하더군요."

"예?"

박용욱은 아무 생각 없이 반문했다가, 정진의 말뜻을 이해하고 어처구니없어 입을 떡 벌렸다.

헌터의 생리에 대해 자세히 알지 못하는 자신이 들어도 그럴듯한 계획인데, 자신보다 더 많이 알고 있을 전기수 회장이 무조건 반대했다는 것이다.

박용욱은 이기동을 쳐다보며 물었다.

"이게 모두 사실입니까?"

"예, 사실 바로 어제 정정진 클랜장이 전기수 회장과 이 문제를 의논했습니다. 그런데 계획을 제대로 들어보지도 않고 말도 안 되는 계획이라고 하시더군요. 저야 정정진 클랜장이 그동안 나라와 헌터 협회를 위해 한 일을 생각해서라도 보다 자세한 이야기를 들어봐야 한다고 생각했지만, 왜인지 정정진 클랜장의 말을 더 이상 들으려고 하지 않았습니다."

이기동은 당시 천향에서 있었던 일을 정진에게 좀 더 유리하도록 말했다.

바꿔 말했다고는 하지만 그의 말에 거짓은 조금도 없었다. 그때의 분위기가 어땠는지 설명하는 과정을 생략했을 뿐이니까.

"허허… 헌터 협회 회장이라는 사람이 그런 모습을 보였다니, 정정진 클랜장은 정말 어이가 없었겠습니다. 말로 전해 들었을 뿐이지만 나도 전기수 회장에게는 실망스럽군요."

"정말 그렇습니다. 정정진 클랜장이 쉘터를 세우려는 곳은 뉴 서울과 흰머리산 쉘터 사이, 영원의 숲 입구가 아닙니까. 흰머리산 쉘터 건설도 보다 원활해질 테고, 전략적으로도 가치가 있는 위치인 만큼 설사 실패를 한다고 해도 한 번쯤 시도해 봐야 할 문제입니다. 그런데 아케인 클랜이나 정정진 클랜장의 능력을 생각하지 않고 무조건 안 된다고 하시니, 사실 저도 회장님을 믿고 있던 만큼 실망이 컸습니다."

이기동은 어제의 심정에 대해 토로했다.

비록 오랜 기간 모시고 있던 사람이라 하지만, 잘못된 것은 지적해야 한다. 이것은 단지 전기수 회장 개인의 아집 때문에 국가적인 손실이 발생할 수 있는 문제이다. 게다가 헌터들뿐만 아니라 대한민국의 위상을 드높일 수 있는 일을 개인적인 감정으로 그르치려 하는 전기수 회장에게 그 또한 실망했던 것이 사실이었다.

이기동은 더욱 단호하게 주장했다.

"작은 규모의 쉘터라고 하지만 보다 안정적으로 헌터들이 뉴 어스에서 활동을 할 수 있다면, 이는 단순히 아케인 클랜이나 헌터들의 이익에 국한된 문제가 아니지 않습니까. 우리 대한민국이 뉴 어스에 보다 넓은 영역을 얻는 일입니다."

"이렇게 2~3일 거리 간격으로 위성도시 개념의 소규모 쉘터를 건설해서 어느 정도 영역을 형성할 수 있다면, 점차적으로 규모를 키워 대규모 쉘터를 건설하기도 쉬워질 겁니다."

가만히 이야기를 듣고 있던 정진의 이야기가 이어지자, 박용욱의 머릿속에 하나의 그림이 그려지기 시작했다.

어느 모로 봐도 추진하지 않을 이유가 없는 일이었다.

"내 돌아가는 대로 바로 대통령께 보고하고, 정정진 클랜장의 계획대로 반드시 추진되도록 힘을 쓰겠습니다."

박용욱은 마침내 굳게 결심하고 단정짓듯 말하더니, 정진의 손을 붙잡고 위아래로 흔들었다.

"그래주신다면 감사합니다. 잘 부탁드립니다."

빙그레 웃는 정진의 눈이 반짝였다. 계획대로 일이 잘 풀리고 있었다.

✝   ✝   ✝

청와대 대통령 집무실.

헌터 관리청장인 박용욱은 정진과 만난 뒤, 곧바로 대통령에게 보고하기 위해 청와대로 직행했다.

다소 늦은 시각이었지만 박용욱이 면담 요청을 하자마자 수락되었다.

그도 그럴 것이 박용욱이 들고 온 내용이 무척이나 중요한 사안이었기 때문이다.

이미 업무 시간이 끝난 후였지만 기꺼이 박용욱의 요청을 허락한 대통령이 확인하듯 물었다.

"그러니까 쉘터를 건설하고, 그를 바탕으로 영토를 확장할 수 있다. 또 안전하게 건설할 방도도 마련되어 있다… 그런 얘깁니까?"

최대환 대통령의 임기는 이미 끝났고, 지금 박용욱 청장의 이야기를 듣고 있는 것은 그다음 대통령의 자리에 오른 노승민이었다.

헌터 프론티어

"예, 그렇습니다."

담담하게 대답하는 박용욱에 비해, 노승민 대통령의 얼굴은 상당히 상기되어 있었다.

현재 국토를 점령하고 있던 몬스터들은 이제 더 이상 대한민국 안에 존재하지 않았다.

수년간 벌어진 몬스터들과의 전투는 정진이 납품한 매직 웨폰에 의해 비약적으로 강해진 몬스터 대응군들에 의해 종결되었다. 현재 몬스터에 의해 황폐해진 국토도 80~90년대의 모습 이상으로 복구한 상태였다.

물론 아직 북한과의 경계 인근에는 간간히 북쪽에서 내려오는 몬스터가 있지만, 그 정도는 몬스터 대응군이 아니라 국군만으로도 충분히 처리할 수 있었다.

전임 대통령인 최대환은 말년에 몬스터로부터 국토를 수복해 냈고, 후임인 자신은 부서진 건물들을 다시 세우며 원래의 대한민국과 같은 모습으로 복구하는 데 총력을 기울이고 있었다.

노승민은 대통령이 된 이후 정말 최선을 다해 일하고 있었다.

최대환 전 대통령과 비할 수 있는, 뭔가 그에 버금가는 업적을 이룩해야 한다는 생각 때문이었다.

그러던 차에 다른 것도 아니고, 새롭게 쉘터 건설을 하려는 헌터 클랜이 있다는 보고와 함께 대한민국의 활동 영역을 넓힌다는 정진의 계획을 듣게 되자 흥분하지 않을 수 없었다.

만약 그 계획이 성공만 한다면, 역대 그 어떤 대통령이 이룩한 업적보다도 대단한 일이었다.

현재 현대의 모든 것은 몬스터 산업과 밀접하게 연관되어 있다. 대한민국 국민이라면 열에 아홉은 몬스터 산업과 관련된 일을 한다고 해도 과언이 아닐 정도로, 현대 산업은 뉴 어스와 떼려야 뗄 수 없는 관계였다.

자원의 보고나 마찬가지인 뉴 어스의 영토를 확보할 수 있다면 국가 수입이 대폭 증가할뿐더러, 관련 산업도 폭발적으로 성장할 것이다.

정진의 계획은 그야말로 불감청고소원이었다.

"그들에게 그만한 역량은 있는 겁니까? 노태 그룹에서 추진을 하다 실패를 하고, 결국 공동으로 만들고 있는 흰머리산 쉘터는 대기업 여럿이 뛰어들어도 어렵게 추진하고 있다고 하던데, 일개 헌터 클랜에서 실행할 수 있는 겁니까?"

노승민 대통령은 애써 흥분을 누르고 냉정하게 말했다.

박용욱은 조금도 긴장한 기색 없이 대답했다.

"그건 염려하지 않으셔도 될 것 같습니다."

"그래요?"

노승민은 턱을 짚은 채 고개를 작게 끄덕였다.

이 계획을 생각해 낸 당사자인 아케인 클랜의 정정진 클랜장은 매직 웨폰과 포션을 개발한 당사자이다. 기밀에 가까운 내용이었지만 최대환 전 대통령이 한 일에 대해서 철저히 조사하며 알아낸 것이었다.

그러한 능력을 가진 정진이라면 어떤 비상한 수가 있다고 해도 놀랍지 않을 것이다. 또한 이미 매직 웨폰과 포션만 해도 탄탄대로가 펼쳐져 있는 상황에서 무리한 일을 벌일 이유가 전혀 없었다.

박용욱이 덧붙이듯 말했다.

"아케인 클랜을 단순하게 일개 헌터 클랜이라고 치부할 수 없는 것이, 그들에게는 다른 헌터 클랜에는 없는 고위 헌터들이 무수히 많습니다."

"고위 헌터요?"

"예, 아케인 클랜의 부클랜장이 바로 세계 5대 헌터 중 한 명인 이정진 헌터입니다."

"그렇군요, 3급 헌터가……."

"다른 간부들도 조만간 3급으로 승급할 것으로 예상되는

4급 헌터들입니다."

"허… 한 클랜에 고위 헌터들이 그렇게 몰려 있단 말입니까?"

노승민 대통령은 그만 할 말을 잊었다.

비록 헌터 등급에 관해 자세히는 알지 못하지만 3급 헌터가 얼마나 대단한지는 알고 있었다.

세계에서 다섯 명밖에 없는 3급 헌터, 그들은 이미 사람의 범주를 벗어난, 초인이라 불리는 사람들이었다.

3급 헌터들은 닿는 모든 것을 절단해 버릴 수 있는 빛을 무기에 두를 수 있었다.

3급 헌터들이 발하는 그 빛을 '소드 스피릿' 또는 '검기'라고 부르고 있었다. 단신으로 몬스터의 군집도 어렵지 않게 쓸어버릴 수 있으며, 체력만 받쳐 준다면 무한정 싸울 수도 있다는 3급 헌터들은 존재 자체로 전략무기처럼 취급되었다.

노승민 대통령은 문득 궁금함이 일어 물었다.

"3급 헌터인 사람이 어째서 아케인 클랜에 소속이 되어 있는 것입니까? 아케인 클랜이 대단하기는 하지만, 아직 만들어진 지 얼마 되지 않은 신생 클랜이 아닙니까?"

3급 헌터라면 독립해서 클랜을 만들 수도 있고, 대기업에 스카우트가 되어 막대한 부를 축적할 수도 있다. 아니, 아예 혼자 헌팅만 다녀도 돈을 쓸고 다닐 수 있었다.

아머드 기어의 운용 비용이니, 보급대니 할 것 없이 몬스터 사냥을 할 수 있으니 들어가는 비용은 최소화하고 벌어들이는 이득은 최대화할 수 있는 자들이었다.

노승민은 어째서 3급 헌터인 이정진이 아케인 클랜에 있는지 이해할 수 없었다.

하지만 이것은 노승민이 정진에 대해 잘 알지 못했기에 하는 생각이었다.

아무리 열심히 조사했다고는 하지만 정진이 워낙 최대환전 대통령이나 전기수 회장, 이기동과 같은 관련된 사람들로부터 자신에 대한 정보가 퍼지지 않도록 만전을 기했기 때문이다.

"정정진 클랜장은 매직 웨폰과 포션의 제작자이지 않습니까. 비록 5급에서 더 이상 라이선스 갱신을 하고 있지 않지만, 부클랜장인 이정진 헌터 이상의 능력을 갖고 있다고 저희는 예상하고 있습니다."

"그렇군요."

노승민은 일리가 있다는 듯 고개를 끄덕였다.

"어느 정도일 것 같습니까?"

"그건 알 수 없습니다. 다만 헌터 협회에서는 1급이나 그 이상일 것이라고 짐작하고 있습니다."

"1급이나 그 이상이라니⋯⋯. 아직 2급 헌터도 없는데 어떤 근거로 그런 판단을 하는 것입니까?"

노승민은 고개를 갸웃거렸다. 그러나 이어지는 박용욱의 말에 그도 인정할 수밖에 없었다.

"5년 전, 그러니까 정정진 클랜장이 막 헌터가 되었을 때 그가 속한 파티가 다크 헌터들에게 습격을 받았습니다. 그때 습격한 다크 헌터가 총 20여 명이었는데, 따로 아머드 기어 네 기가 더 있었다고 합니다. 믿기지 않는 일이지만 이제 막 팀을 꾸렸던 상태인 아케인 클랜에서 그 모두를 물리쳤습니다. 아직도 대체 어떤 일이 있었던 것인지 가늠조차 할 수 없는 일입니다."

"다크 헌터 20명에 아머드 기어 네 기라니⋯⋯. 당시에는 아직 팀원들의 힘이 미약했을 테니, 박용욱 청장은 정정진 클랜장이 그들을 처리했다고 생각하는 겁니까?"

"예. 비록 힘이 부족했던 건지, 아머드 기어에 탑승하고 있던 두 명의 드라이버를 놓치기는 했지만 믿기 힘들 정도로 강한 힘입니다."

'5년이나 지난 일이다. 그렇다면 그때보다 더 강해졌을

것이라는 건데……. 그렇다면 정말 1급 이상이라는 것도 완전히 못 믿을 말은 아니로군.'

노승민 대통령이 속으로 생각했다.

"정정진 클랜장은 뉴 어스에서 두 달간 실종된 적이 있는데, 그때 뉴 어스의 고대 문명에서 발견한 힘을 익혔다고 했습니다."

"그게 그 마법이라는 힘입니까? 허허……."

노승민 대통령은 마치 어린 시절 할아버지에게 옛날이야기를 듣는 것만 같은 느낌을 받았다.

"그는 마법이라는 것이 개발하면 개발할수록 무궁무진하게 응용을 할 수 있는, 현대 과학을 대체할 수 있을 정도로 범용적이고 신비한 학문의 하나라고 했습니다. 마법을 응용하여 쉘터를 만들면 적은 인원으로도 훨씬 안전하고 효율적인 쉘터를 건설할 수 있다고 합니다."

"그래서 작은 규모의 쉘터를 많이 건설하겠다고 한 것이군요."

이야기를 듣고 있던 노승민 대통령은 그제야 처음 박용욱 청장이 이야기한 정진의 계획에 대해 이해할 수 있었다. 200~300명 정도의 인원을 수용할 수 있는 소규모 쉘터를 건설하려고 한다는 말에 어떻게 활동 영역을 넓힐 것인가에 대한 의문이 있었던 것이다.

"확실히 규모가 작으니 금방 건설을 할 수 있을 테고, 또 쉘터와 쉘터 간의 간격이 좁다면 이동 간에도 지금보다 훨씬 안전할 것 같군요."

"맞습니다. 계획대로만 된다면 저희는 별다른 지원을 하지 않고도 지금보다 더 많은 세수를 확보할 수 있을 겁니다."

"쉘터 건설에는 많은 자원이 필요하지 않습니까? 매직 웨폰이나 포션 판매로 아케인 클랜에도 자금이 많겠지만, 정말로 지원이 필요 없다고 했습니까?"

노승민 대통령이 눈을 크게 떴다.

국가적인 규모의 사업에 아무런 지원도 필요가 없다니, 솔깃하면서도 불안한 것이 사실이었다.

"대신 다른 것을 들어달라는 조건이 하나 있었습니다."

'그러면 그렇지.'

노승민 대통령은 약간 김이 새는 기분이었다.

하기는 말처럼 쉬운 일이 아니다.

"그게 무엇입니까?"

"정정진 클랜장이 원하는 것은 단 하나였습니다."

"그래, 그러니까 그게 뭡니까?"

박용욱 청장이 뜸을 들이자 노승민 대통령이 재촉하듯 소리쳤다.

"쉘터 건설과 관련하여 어느 누구에게도 방해를 받지 않았으면 한다며, 현 헌터 협회장을 교체할 것을 건의하였습니다."

"아니, 그게 무슨 소립니까? 헌터 협회장을 교체해 달라니."

노승민 대통령은 황당하여 표정이 일그러지는 것조차 느끼지 못했다.

일개 헌터 클랜이 뉴 어스에 단독으로 쉘터를 건설한다는 소리보다 더 황당하게 들렸다.

헌터 클랜에게 헌터 협회장은 도움이 되었으면 되었지 방해가 될 일은 전혀 없지 않은가. 오히려 헌터 협회에서 나서서 정부나 기업들로부터 자금을 유치할 수 있도록 도와줄 수 있는 것인데, 방해가 된다니.

하지만 이어서 들린 박용욱 청장의 설명에 노승민 대통령의 얼굴은 더욱 굳어지고 말았다.

"정정진 클랜장은 그동안 헌터 협회가 자립할 수 있도록 도움을 주었지요. 그런데 헌터 협회가 지금은 처음 그 본질을 잊어버리고 권력에 취해 변질되었습니다. 그리고 그 선두에 현 협회장인 전기수 회장이 있다고 합니다."

그동안 정부의 정책에도 적극 협조를 하던 헌터 협회가 느닷없이 변질되었다는 말에 노승민 대통령은 더욱 알 수가 없어졌다.

그의 표정을 본 박용욱 청장은 이기동이 그에게 넘긴 자료를 대통령에게 보여주었다.

"국가 전략물자로 분류된 포션을 전기수 회장이 개인적인 용도로 빼돌렸다는 정황이 포착되었습니다. 뿐만 아니라 포션과 매직 웨폰을 판매한 금액 중 일부를 조세피난처의 비밀 계좌에 숨겨두고 있음도 알아냈습니다."

옆에서 조용히 있는 듯, 없는 듯 서 있던 비서실장이 서류를 받아들었다. 이어서 그에게 넘겨진 서류를 살피던 노승민 대통령의 얼굴에 노기가 어렸다.

"이런 개……."

서류를 살핀 노승민 대통령의 입에서는 자신도 모르게 평소에 담지 않았던 쌍욕이 튀어나왔다. 그러고도 노기가 진정이 되지 않아 얼굴이 붉어졌다.

"후우……."

화가 치민 노승민 대통령은 억지로 화를 누르기 위해 심호흡을 하였다.

박용욱 또한 비슷한 표정이 되었다.

한 시간 전 정진을 만났을 당시, 서류의 내용을 확인하면서 그 또한 어처구니가 없고 분노가 치밀었다. 노승민 대통령의 표정을 보니 그때의 화가 다시 치미는 듯했다.

끓어오르는 화를 억지로 참으며 서류를 모두 검토한 노승민 대통령이 굳은 얼굴로 그를 돌아보았다.

"그래, 그 제안을 승인하면 모두 끝나는 것입니까?"

"예, 이미 차기 협회장의 자리에는 전기수 회장을 대신할 사람이 있습니다."

노승민 대통령이 책상에 놓인 서류를 손가락을 톡톡 치며 물었다.

"그는 결격사유가 없습니까?"

그 손을 한차례 내려다본 박용욱이 고개를 끄덕였다.

"제가 보기에 그는 정정진 클랜장이 통제하고 있는 것으로 보였습니다."

노승민 대통령이 한숨을 내쉬었다.

"그렇군요. 너무 끌려갈 거 같지는 않습니까?"

"국가의 발전을 위해선 어느 정도 능력이 있는 클랜에 힘을 모아줘도 될 것으로 보입니다. 제가 본 정정진 클랜장은 선을 지킬 줄 아는 사람이었습니다."

노승민 대통령은 잠시 고심하듯 머리를 짚었다.

그가 아는 박용욱 청장은 사람 보는 안목이 있는 사람이다.

그는 확인하듯 다시 고개를 들어 박용욱 청장의 얼굴을 보았다. 박용욱의 눈에는 일말의 의심이나 불안감도 보이지 않았다.

당분간 아케인 클랜에 대한민국의 역량을 집중해도 괜찮을 것 같았다.

"그럼 그렇게 하도록 합시다."

"알겠습니다. 그럼 헌터 협회장 교체로 방향을 잡겠습니다."

"그렇게 하세요. 쉘터가 만들어진 후에는 현재 쉬고 있는 몬스터 대응군을 활용할 수 있는 방법이 있는지 찾아보세요."

노승민 대통령은 현재 국토 수복 작전이 끝나고 할 일이 없는 몬스터 대응군을 뉴 어스의 영토를 확보하는 데 활용할 수 있을 거라고 생각했다.

몬스터 대응군 또한 헌터는 헌터였다.

더욱이 그들이 사용하는 매직 웨폰은 그 숫자만큼이나 많은 마정석을 소모한다.

만약 뉴 어스에 군사기지로 활용할 수 있는 쉘터가 세워진다면, 소모되는 마정석 이상의 부산물을 확보할 수 있을 것이다.

✝   ✝   ✝

한편, 전기수 회장도 본격적으로 정진을 견제하기 위해 움직였다.

정진과 악연이 있어 자신이 손을 내밀면 바로 잡을 것이라 예상을 했던 노태 그룹이 생각과는 다르게 자신의 제안을 거절하자, 그는 마음이 급해졌다.

그가 연락한 또 다른 곳은 바로 나이트 클랜이었다. 아케인 클랜 때문에 3대 클랜에서 물러나게 되었으니 정진에 대해 좋지 않은 감정을 가지고 있으리라 생각한 것이다.

"오랜만에 뵙습니다, 회장님."

약속 장소에 미리 나와 기다리던 나이트 클랜의 클랜장인 박유천이 얼른 자리에서 일어나 그를 맞았다.

"그래, 오랜만이군. 잘 지냈나?"

90도로 허리를 꺾으며 자신을 맞이하는 박유천의 모습에 전기수 회장은 미소를 지으며 그의 안부를 물었다. 정진의 모습이 박유천에 겹쳐 보였다.

정진과는 사뭇 다른 그의 태도가 전기수는 매우 흡족했다.

'그래, 이래야지! 감히 어딜.'

고개를 연신 끄덕이며 박유천과 악수를 한 전기수가 자리에 앉았다.

"앉아서 이야기하지."

"알겠습니다."

"식사를 내올까요?"

전기수와 박유천 그리고 나이트 클랜의 간부들이 모두 자리에 앉자, 전기수를 안내해 온 지배인이 물었다.

"회장님, 오늘 최고급 참치가 들어왔다고 합니다. 참치 어떠십니까?"

"그래? 그럼 그것으로 하지."

"알겠습니다."

박유천이 고개를 끄덕여 보이자, 지배인이 짧게 대답을 하고는 문을 닫고 사라졌다.

외부와 소리가 차단되자, 박유천은 표정을 진중하게 바꾸었다.

"그런데 회장님, 바쁘신 와중에 어쩐 일로 직접 저희를 찾아오셨습니까?"

"요즘 미꾸라지 하나가 대한민국의 헌터 사회를 흐리고 있어서 말이네."

"네?"

"싹수가 있어 보여 내가 크는 데 도움을 주고 있었는데, 은혜도 모르고 오만방자한 행동을 하는 게 아닌가?"

"그런 자들이 있습니까?"

머리를 굴리던 박유천이 전기수 회장이 혀를 차자, 얼른 비위를 맞추며 물었다.

"자네들도 아케인 클랜이 요즘 어떻게 하고 다니는지 알겠지?"

아케인 클랜이 언급되자, 박유천을 비롯한 나이트 클랜의 간부들의 표정이 굳어졌다.

박유천은 전기수가 갑자기 왜 자신들을 찾아온 건지 이제야 알 수 있었다.

아케인 클랜이 자신의 말을 고분고분 듣지 않아 손을 봐주려고, 움직일 말로서 자신들을 필요로 하는 것이다.

하지만 전기수의 생각을 읽었다고 해서, 바로 내민 미끼를 물 정도로 멍청하지는 않았다.

박유천이 속으로 무슨 생각을 하고 있든지 말든지, 전기수가 큰소리를 쳤다.

"겨우 팀으로 활동하던 것들이 내가 그동안 물심양면으로 도움을 주었는데, 이젠 좀 커졌다고 안하무인으로 날 무시하더군!"

"저런, 역시 근본이 없는 놈들은 어쩔 수 없습니다. 회장님이 마음이 너그러운 분이기에 괜찮았지, 그렇지 않았다면 진작에 혼쭐이 났을 겁니다."

박유천이 그의 비위를 맞추며 맞장구를 쳤다.

"자네가 날 좀 도와준다면 좋겠네. 솔직히 아케인 클랜이 아무리 요즘 뜬다고는 하지만, 전통 있는 나이트 클랜에는 처지는 게 사실 아닌가."

전기수는 짐짓 나이트 클랜을 띄워주었다.

"그렇게 말씀해 주시다니 감사합니다. 그런데 아케인 클랜에는 3급 헌터인 이정진과 다수의 4급 헌터들이 있습니다."

"맞습니다. 이번 흰머리산 쉘터 보급 호위 의뢰를 성공한 것만 봐도 쉽게 생각할 곳은 아닙니다."

아케인 클랜과 척을 지는 일에 불안감을 느낀 나이트 클랜의 간부들 사이에서 반대 의견이 나왔다.

"협회장인 내가 도움을 주는데도 어렵겠나? 굳이 아케인 클랜을 대놓고 공격할 필요는 없어. 그들이 뉴 어스에 쉘터를 건설한다고 하는데, 그것을 방해하는 정도만으로도 충분할 걸세. 쉘터 건설에는 많은 자금이 들지. 방해하느라 공사가 진척된다면 아케인 클랜은 큰 손해를 봐야 할 거야. 그럼 이제 생긴 지 얼마 되지도 않은 아케인 클랜이 떨어져 나가는 것도 시간문제지 않겠는가."

전기수는 정진이 얘기한 쉘터 건설에 대해 이야기하며 박유천을 부추겼다.

그러자 예전의 영광을 되찾고 싶은 박유천과 다수의 간부들에 밀려 나이트 클랜 내의 반대 의견은 점차 사그라들었다.

박유천은 돌다리도 두들겨 보고 건너는 심정으로 은근히 물었다.

"그런데 그 정도라면 저희가 아니더라도 충분히 할 사람이 있을 것 같은데 말입니다."

그런 박유천의 질문에 전기수는 미소를 지으며 대답을 해 주었다.

"그렇기야 하지만, 그래도 대한민국 3대 클랜 중 하나와 내가 손을 잡으면 못할 것이 없지 않겠나? 막말로 협회장인 내가 밀어준다면 3대 클랜이 아니라 제1의 헌터 클랜이 되는 것도 어렵지 않겠지. 내 나이트 클랜에서 제대로 도와주기만 한다면 섭섭지 않게 보상하겠네."

전기수가 열심히 박유천을 꼬드겼다. 동시에 혹시나 나이트 클랜에서 발을 뺄지도 모른다는 생각에 그를 단단히 옭아매는 것도 잊지 않았다.

그리고 그런 사실을 알면서도 박유천은 욕심을 이기지 못하고 전기수 회장의 말에 넘어가고 말았다.

✝ ✝ ✝

띠이.

인터폰의 신호음이 울렸다.

업무를 보던 전기수 회장이 수화기를 집어 들었다.

"무슨 일인가?"

전화 너머로 다급한 비서의 목소리가 들려왔다.

— 손님이 오셨습니다.

"손님? 누군데?"

— 검찰에서 나왔다고… 들어가시면 안 됩니다!

"검찰?"

우당탕!

그때, 갑자기 밖에서 소란이 일더니 문이 벌컥 열렸다.

전기수 회장은 갑작스런 소란에 의아한 표정으로 자신의 집무실로 밀려드는 일단의 사람들을 쳐다보았다.

"무슨 일인가?"

잠시 당황하여 망연해 있던 전기수 회장이 차분함을 가장하며 물었다.

사무실 문을 열고 들어오던 사내 중 한 명이 아직도 얼떨떨하게 자리에 앉아 있는 그의 앞으로 가 한 손에 신분증을 내보였다.

"전기수 씨, 당신을 공금횡령, 국가 전략물자 유용 및 무단 해외 반출 혐의로 긴급체포합니다. 지금부터 말하는 모든 사항은 법정에서 불리하게 작용할 수 있습니다. 혐의에 대한 묵비권을 행사할 권리가 있고, 변호사를 선임할 수 있습니다."

그러고는 바로 뒤에 있는 검찰 수사관에게 체포하라고 명령했다.

"뭐야! 내가 무슨 죄를 지었다고 감히… 이거 안 놔!"

전기수는 자신의 양팔을 붙드는 검찰 수사관의 팔을 강하게 뿌리치며 소리쳤다.

그의 팔을 붙들던 검찰 수사관이 죽 밀려났다.

50대 중년의 나이인 전기수였지만, 그도 한때 헌터로 활동을 하던 사람이었다. 헌터를 은퇴한 지 오래되었다고는 해도 보통의 사람들보다 훨씬 강한 체력을 가지고 있던 것이다.

검사는 수사관들이 전기수 회장의 반항에 힘도 못 쓰고 밀려나는 모습에 깜짝 놀랐다가, 곧 정신을 차리고 소리쳤다.

"전기수 씨! 계속 저항하시면 공무 집행 방해 행위로 가중처벌 받을 수 있습니다. 혐의가 없다면 검찰에 가서 조사를 받아보면 될 것 아닙니까?"

"크흠, 뭔가 착오가 있는 것 같은데… 일단 알겠소. 협조를 할 테니 조금만 기다리시오."

전기수 회장은 이대로는 안 되겠다는 생각에 검사에게 양해를 구하고, 급히 헌터 협회 고문 변호사에게 전화를 걸었다.

"문 변? 나요. 검찰이 내가 죄를 지었다고 찾아왔소. 좀 와줘야겠소."

잠시 헌터 협회 고문 변호사인 문재동과 통화를 마친 전기수 회장은 그의 말을 듣고는 전화를 끊었다.

"가도록 하지."

고문 변호사인 문재동과 통화를 하고 나자, 조금 전과 다르게 표정에 여유가 생긴 전기수는 차분하게 검사를 따라 복도로 나왔다. 그러고는 아침부터 웬 소란인가 싶어 회장실 쪽을 주시하던 비서들을 향해 소리쳤다.

"뭔가 오해가 있어 검찰에서 찾아왔으니 조사 받고 오지. 업무에 차질 없게들 해!"

뚜벅뚜벅.

그러고는 검사보다 앞장서 복도를 빠져나갔다.

검사는 잠시 당황했지만 얼른 그의 뒤에 바짝 붙어 사라졌다. 검사와 함께 왔던 수사관들도 전기수 회장의 몸짓에 밀려났던 것이 부끄러웠는지, 얼른 전기수의 양옆으로 붙어 섰다.

한편 전기수 회장이 검찰에 연행되는 모습을 다른 사람들과 조금 다른 시선으로 지켜보는 사람이 있었다.

그는 바로 얼마 전까지만 해도 전기수 회장의 최측근이라고 불리던 이기동이었다.

다른 사람들과 달리 그는 전기수 회장이 이번 조사로 인해 무너질 것임을 알고 있었다.

이기동의 눈빛은 복잡한 표정이었다. 결국은 정진과 전기수 회장 사이에서 정진의 편을 선택한 것이기는 하지만, 단순히 알력 싸움에서 더 강한 쪽을 선택한 것은 아니었다.

전기수 회장이 지금의 위치에 오른 것은 전적으로 정진의 도움이 있었기 때문이다. 언제 자리에서 밀려날지 모르던 그는 정진의 도움으로 반대 파벌을 밀어내고 굳건한 권력을 가질 수 있게 되었다.

그런데 그는 도와준 정진을 괄시하고, 오히려 방해를 하려고 했다.

이기동은 이때 판단했다. 권력에 취해버린 전기수 회장에게는 더 이상 미래가 없었다.

겉모습은 일개 헌터 클랜장에 불과한 정진의 영향력은 사실 대한민국 상류층에 깊게 영향력을 끼치고 있었다.

헌터 관리청의 청장은 물론이고 경제인 연합회의 회장과도 담판을 지을 수 있을 정도였던 것이다.

그때 그 자리에 있던 이기동은 자신이 제대로 된 동아줄을 잡았다고 판단을 내렸다.

'회장님, 사람은 제 분수를 알아야 하는 것입니다.'

검찰에 붙들려 가는 전기수의 뒷모습을 지켜본 그는 그렇게 속으로 중얼거렸다.

"뭐하는 거야, 어서 업무들 보지 않고!"

아직까지 전기수 회장이 사라진 입구 쪽을 멍하니 쳐다보고 있는 직원들에게 호통을 친 이기동은 창밖으로 전기수 회장이 검찰의 차에 타고 사라지는 것을 지켜보았다.

Chapter 5
3대 클랜의 회동

헌터 협회의 전기수 회장은 공금횡령과 국가 전략물자의 불법 해외 밀반출 및 유용 혐의로 구속되었다. 심지어 조사 과정에서 직권남용과 뇌물 수수 등 여죄가 늘어나 실형을 선고 받게 되면서, 결국 헌터 협회장 자리에서 물러나게 되었다.

무소불위의 권력을 휘두르던 전기수 회장이 급작스럽게 물러나게 되자, 차기 회장의 자리에 누가 오를 것인가를 두고 전기수 회장이 협회 내 파벌을 혁파하면서 사라졌던 파벌이 다시 기승을 부리려 했다.

그때, 정부와 경제인 협회의 강력한 추천으로 헌터 협회장 자리에 차기 회장이 입후보하면서 혼란은 금방 사라졌다.

원래라면 서로 자신의 사람을 회장의 자리에 올리기 위해 대립을 해야 할 두 곳에서 같은 사람을 회장으로 추천한 것이다.

헌터 협회장 선출은 그야말로 일사천리로 처리가 되었다.

차기 협회장은 바로 전기수 회장의 오른팔로 여겨지던 이기동 상무였다. 그가 다른 상급자들을 제치고 회장에 오른 것에 대한 불만의 목소리도 있었지만, 회장이 된 이기동이 절대적 카리스마를 발휘하면서 그런 잡음은 금방 사그라졌다.

전임 회장이었던 전기수는 협회 내 불만 세력이나 자신에 대응하려는 세력에 당근과 채찍을 번갈아 가며 사용해 왔다.

그리고 그 일을 하는 최전선에 이기동이 있었기에, 그는 자신의 경험을 십분 발휘해 모든 잡음을 무마시켰다.

그와 더불어 알게 모르게 이기동의 협회 장악에 영향을 끼친 것은 바로 정진과의 관계였다. 이기동과 정정진 아케인 클랜장이 긴밀한 관계에 있다는 것은 협회 내에서 공공연한 사실이었고, 이기동과 대적하는 것은 곧 정진도 적으로 두겠다는 의미가 되기에 누구도 쉽게 이기동과 대적할 생각을 하지 못했다.

이기동은 헌터 협회 회장에 취임하면서 기존 뉴 서울과 뉴 대전, 그리고 건설 중인 흰머리산 쉘터뿐만 아니라 대한민국의 영역 안에 보다 많은 쉘터를 건설하겠다고 공약을 내세웠다. 헌터들의 활동 영역을 넓히는데 힘쓰겠다는 말이었다.

그 모든 것이 정진과 사전에 협의된 내용이었다.

이기동의 공약이 있은 후, 전국의 헌터들이 모두 이기동의 신임 헌터 협회 회장 취임을 적극 지지하기 시작했다.

쉘터가 늘어난다는 것은 곧 사냥할 수 있는 영역이 넓어지는 것, 잡을 수 있는 몬스터의 종류가 다양해진다는 것을 의미한다. 그것은 곧 자신들의 수익이 늘어난다는 것과 별반 다르지 않았다.

뿐만 아니라 쉘터는 헌터의 안전에 있어 필수적인 요소였다.

몬스터와 목숨을 걸고 싸움을 하는 헌터의 입장에서 가까운 곳에 안전한 휴식 공간이 있다는 것은 큰 안정감을 주기 때문이다.

헌터뿐만 아니라 경제계에서도 지지를 표명했다.

현대 산업은 그야말로 헌터 산업이라고 해도 과언이 아니다. 쉘터가 증가하여 헌터의 활동 영역이 늘어난다는 것은 그만큼 기업 입장에서도 보다 많은 이득을 올릴 수 있다는 소리였다.

헌터들과 각 기업 사이에서 이기동의 헌터 협회 회장 취임에 대한 불만의 목소리가 별로 들리지 않는 이유는 사실 사전에 협상이 있었기 때문이다.

자신과 갈라서기로 한 전기수를 대신해 이기동과 손을 잡은 정진은 이기동의 입지를 굳건히 하기 위해 헌터 협회에 영향을 줄 수 있는 기업인들과도 은밀하게 협상을 했다.

기업들도 뉴 어스의 쉘터가 얼마나 많은 수익을 거두고 있는지 잘 알고 있다.

헌터는 직업상 상당한 스트레스를 받는다. 그리고 스트레스를 해소하기 위해 힘들게 벌어들인 부의 상당 부분을 소비한다.

소속이 없는 헌터는 물론이고, 비교적 안정된 사냥을 하는 클랜 소속 헌터도 마찬가지다.

그러다 보니 기업들은 어떻게든 쉘터 내에 자신들의 사업장을 늘리려는 시도를 멈추지 않았다.

쉘터에서는 서비스업은 물론, 헌터들이 몬스터 사냥을 할 때 사용할 각종 장비들의 모든 판매가 이루어진다.

기업들에게 쉘터 건설이란 막대한 이득이 보장되는 대형 소비자를 확보할 수 있는 사업인 것이다.

정진은 소규모 쉘터를 다수 건설하면서, 건설에 협조하는 각 기업들과 헌터 클랜에 쉘터 운영권을 판매하겠다고 천명했다.

그 말을 듣고 정진의 계획에 반대할 기업이나 헌터 클랜은 없었다. 모두가 정진이 지지하는 이기동에게 표를 던지기를 주저하지 않았다.

† † †

뚜벅뚜벅.

정진은 백장미와 함께 누군가를 만나기 위해 약속 장소로 향하고 있었다.

"정진아."

"네?"

"그냥 우리 클랜하고만 해. 우리랑 둘이 손잡고 쉘터를 만들자."

백장미는 약속 장소로 향하는 정진을 계속해서 따라가면서 설득하고 있었다.

지금 정진이 만나려고 하는 사람들은 대한민국 제1의 헌터 클랜인 엠페러 클랜의 수장과 간부들이었다.

솔직히 백장미는 아케인 클랜이 서로 사이가 좋은 자신의 클랜을 두고 엠페러 클랜을 사업에 참여시키는 것이 마음에 들지 않았다.

하지만 정진의 생각은 달랐다.

이번 소규모 쉘터 건설 계획은 전적으로 정진과 아케인 클랜이 추진하는 것이고, 백화 클랜은 다른 클랜들과 마찬가지로 정진과 아케인 클랜이 건설한 쉘터의 운영권을 사들이는 방향으로 사업에 참여하는 것이다.

사실 처음 정진이 쉘터를 건설하겠다고 했을 때, 백장미도 그건 불가능하다고 정진을 말렸다.

하지만 지금에 와서는 적극적으로 정진의 계획을 지지하고 있었다.

누워서 떡 먹는 것만큼이나 쉬운 일이란 것을 알게 되자, 아케인의 쉘터 건설 프로젝트에 다른 사람을 껴주는 것이 너무도 아까웠다.

하지만 아무리 좋은 계획이라고 해도 때가 맞아야 한다.

백장미의 마음이야 어떤지 모르겠지만, 정진은 몇 년째 7클래스에 정체되고 있는 자신의 경지 때문에 스트레스를 받고 있었다.

그러다 드디어 8클래스로 올라가는 실마리를 찾아냈다.

문제는 8클래스에 도달하기 위해서는 지금까지와는 비교도 안 될 정도로 많은 자원이 필요하다는 것이었다.

마정석뿐만 아니라 마법진과 마법 실행에 들어가는 수많은 마법 재료들 때문이다. 그렇지만 그 모든 자원을 충당하기에는 매직 웨폰과 포션으로 어마어마한 수익을 벌어들인 자신의 자산도 조금 역부족이었다.

더욱 높은 경지를 노리는 그는 보다 많은 부를 축적하고 재료를 수급하기 위해 지금보다 더 적극적인 수단이 필요하다고 판단했다.

더불어 조국인 대한민국에도 좋고, 또 자신의 클랜 소속 헌터는 물론이고 대한민국에 존재하는 다른 헌터들에게도 좋다면, 같은 일을 하더라도 더 좋을 것이라고 생각했다. 때문에 돈을 벌어들일 수 있는 많은 방법들 가운데에서도 뉴 어스의 영역을 넓히는 작업을 선택한 것이다.

뉴 어스에서 헌터들이 사냥하는 영역이 넓어짐으로써

마법 연구에 필요한 재료도 보다 쉽게 수급을 할 수 있을 것이다. 또한 그 과정에서 돈도 벌면 더욱 좋은 일이었다.

마법사는 한 가지 일을 할 때 결코 한 가지 결과만을 두고 일을 하지 않는다. 그는 마법사로서 훌륭하게 계획을 수행하고 있었다.

사돈이 땅을 사면 배가 아프다는 웃지 못할 말이 있다. 본래 사람들의 본성이란 참으로 복잡하다.

불쌍한 사람을 보면 측은한 마음을 갖기도 하지만, 동시에 누가 잘되는 모습을 보면 질투를 하고, 심지어 그 사람이 잘못되었으면 하는 나쁜 마음을 먹기도 한다.

하지만 그 일로 인해 자신에게 약간의 이득이 생긴다면 그 사람의 행동이나 태도는 순식간에 달라진다.

어려서부터 일을 하면서 수많은 사람들과 만난 정진은 이러한 일을 많이 보았다.

정진은 현재 잘나가고 있는 아케인 클랜이나 자신을 질투하고 시기하는 존재가 분명 있을 것이라 생각했다.

아케인 클랜의 규모를 더욱 키우고, 한층 더 부상하려는 지금 자신을 깎아내리고 방해하려 하는 이들을 함께 정리할 수 있는 방법 또한 생각해 보았다.

능력을 상승시키기 위해선 보다 많은 돈이 들어가고, 자신에게는 그런 돈을 벌어들일 수단이 있다.

그 수단을 쓰면서도 남들이 자신을 시기하지 않고, 오히려 적극적으로 돕게 하려면 어떻게 해야 할 것인가.

궁리를 하다 결론을 내린 것이 바로 독식을 하지 않는 것이었다.

그래서 옆에 있는 백장미의 백화 클랜과 협력 관계를 맺었고, 뒤이어 헌터 협회의 이기동을, 정부를 자신의 계획에 끌어들였다.

그리고 지금 대한민국 최고의 클랜이라 불리는 엠페러 클랜과도 쉘터 건설 건으로 이야기를 나누기 위해 미팅을 하려는 것이다.

사실 지금까지 계획한 것들만 완료되어도 자신이 클래스 업을 하기 위한 준비로는 충분했다.

하지만 정진은 이왕 일을 벌이려면 보다 완벽하게, 그리고 크게 하자는 주의였다.

넘치는 것은 모자란 것만 못하다는 말이 있지만, 지금 하려는 것은 그런 것과는 정반대였다. 다다익선, 즉 많으면 많을수록 좋은 일이었다.

대한민국 3대 클랜이라 불리는 백화와 엠페러 클랜까지

모두 끌어들이려는 것은 그래서였다. 이 세 클랜이 주축이 되어 쉘터를 만든다면 애초에 불만을 가질 수도 없겠지만, 섣불리 방해 공작을 펼 수 없게 된다.

정진은 엠페러 클랜 또한 자신의 설명을 듣게 된다면 절대 거절은 하지 않을 것이라 자신했다.

† † †

강남 삼성동 엠페러 클랜.

대한민국의 많은 헌터 클랜들이 기업들이 투자한 거대 자본을 바탕으로 형성된 것과는 다르게, 엠페러 클랜은 순수하게 헌터들이 중심이 되어 밑바닥에서부터 자수성가하여 성장한 케이스였다.

그러면서도 다른 헌터 클랜들을 누르고 명실공히 대한민국 최고의 헌터 클랜이라 불리는 만큼, 제1의 클랜이라는 명성에 걸맞는 명예를 갖고 있기도 했다.

"아케인 클랜에서 클랜장이 오고 있는데, 너희 생각은 어떻게 했으면 좋겠냐?"

엠페러 클랜의 수장인 이종훈이 다른 간부들을 바라보며 물었다.

이 자리에는 클랜장인 그를 포함해 엠페러 클랜을 이끄는 간부들이 모여 있었다. 아케인 클랜의 클랜장인 정진이 직접 방문한다는 소식에 간부들을 불러 모은 것이었다.

"형님, 굳이 그자를 만날 필요까지 있습니까?"

이종훈의 오른쪽에 앉아 있던 최성준 전무가 못마땅한 얼굴로 부정적인 말을 내뱉었다.

그가 생각하기에 아무리 아케인 클랜이 자신들과 함께 3대 클랜이라 불린다고 하지만, 아직 생긴 지 얼마 되지도 않은 아케인 클랜은 엠페러 클랜과 비교하기에 너무도 미미한 존재로 보였다.

그러니 아케인 클랜의 클랜장이 면담을 요청했다고 해서 자신들이 선뜻 그에 응한다는 것도 별로 마음에 들지 않았다.

또한 아케인 클랜이 요즘 잘나간다고는 하지만, 예전 그들의 자리에 있었던 나이트 클랜과는 다르게 무섭게 치고 올라오는 것도 거슬렸다.

"다른 의견을 가진 사람은 없나?"

"아케인 클랜은 결코 무시할 수 있는 클랜이 아닙니다."

"하, 겨우 아케인 정도를 우리가 신경을 써야 한다는 말이야?"

다른 간부인 이상훈이 그와 반대 의견을 내놓자, 최성준은 인상을 구긴 채 소리쳤다.

하지만 이상훈은 최성준의 신경질적인 소리에도 전혀 기죽지 않고 말했다.

"형님, 저희 입장에서도 아케인 클랜을 무시해서 좋을 것 없다고 생각합니다. 아케인이 비록 이름을 알리기 시작한 것이 몇 년 되지 않는다 해도, 예전 나이트 클랜하고만 비교해 봐도 만만히 볼 수 없습니다. 저는 아케인 클랜은 저력만으로 따지면 우리 엠페러와도 비교할 수 있다고 봅니다."

"겨우 그놈들이 뭐라고……."

"조용히 해라."

최성준이 끼어들어 이상훈의 말을 끊으려고 하자, 이종훈이 손을 내저으며 주의를 주었다.

최성준은 불만 어린 얼굴로도 얌전히 입을 다물었다. 괜히 여기서 이종훈의 심기를 어지럽혔다가는 일이 시끄러워질 수 있었다. 그것은 아케인 클랜이 마음에 들지 않는 것과는 별개의 일이다.

이종훈은 요즘도 가끔씩 훈련이란 명목하에 간부들과 대련을 하고 있다.

이때 하는 대련은 결코 가볍게 상대의 역량을 확인하는 차원이 아닌, 정말로 몬스터와 전투를 벌이듯 무척이나 살벌하게 이루어지곤 했다.

대련 전에 혹시 모를 부상을 위해 포션을 구비해 놓고 시작할 정도로 철저하고 처절했다. 최성준은 괜히 두들겨 맞고 싶진 않았다.

이종훈은 그런 최성준을 보며 속으로 혀를 끌끌 찼다.

지금 아케인 클랜의 클랜장인 정진이 백화 클랜의 백장미 클랜장과 함께 자신을 만나기 위해 오는 중이다.

3대 클랜의 클랜장 두 명이 별일 아닌 걸로 찾아오지도 않을 테고, 그와 통화를 한 정진은 중요한 제안을 할 것이 있다고만 말했다.

이종훈은 정진을 만나기 앞서 간부들과 정진의 제안이 무엇일지 얘기해 보고 싶어 이야기를 꺼냈던 것이다.

그런데 전무인 최성준은 클랜장인 이종훈의 의도도 모르고, 그저 아케인 클랜에 적개심을 가지고 부정적인 의견만 내고 있었다.

이종훈이 턱을 괸 채로 고개를 돌려 이상훈을 돌아보았다.

"그래, 무슨 근거로 아케인 클랜을 주의해야 한다는 건데?"

"사실 우연히 듣게 되었는데, 아케인 클랜에서 뉴 어스에 대규모로 쉘터를 건설할 계획이라 합니다."

이상훈이 침착한 얼굴로 대답했다. 반면 이종훈은 깜짝 놀란 얼굴로 입을 벌렸다.

"뭐? 쉘터를 건설해?"

"예, 그렇습니다. 저희 부서에 이지훈 대리라고 있는데, 그 친구 동생이 헌터 협회 이기동 상무 밑에 있습니다."

"이기동이면 이번에 헌터 협회 회장으로 취임하지 않았나? 아케인 클랜의 클랜장하고 가까운 사이잖아. 이기동이 직접 한 말이래?"

"최근 이기동과 아케인 클랜의 정정진 클랜장, 그리고 정부 헌터 관리청장이 자주 만나 이야기를 나눈답니다. 그런데 영원의 숲 입구에 아케인 클랜이 자신들의 아지트 겸 쉘터를 건설하겠다는 제안서를 냈고, 곧바로 건설에 들어갈 거라는 말을 했답니다."

"거기까지 말했다면 확실하겠군. 그런데 쉘터를 세운다라… 진짜 그게 가능한 건가?"

이종훈은 턱을 만지며 고개를 갸웃거렸다.

최성준이 얼른 끼어들었다.

"형님, 다 개소립니다. 아케인 클랜 정도가 어떻게 쉘터를 세우겠습니까. 우리 엠페러에서도 엄두를 내지 못하고 있지 않습니까? 솔직히 노태 그룹 같은 대기업에서 하고 있는 흰머리산 쉘터 건설도 지금 몇 년째 고생만 하고 있는데, 생긴 지 얼마 되지도 않은 클랜에 그런 돈이 어디 있겠어요. 다 헛소문이겠죠."

최성준이 또 아케인 클랜에 대한 부정적인 말을 늘어놓자, 그를 보며 고개를 설레설레 젓고 있던 이상훈이 불쑥 말했다.

"듣기론 아케인 클랜에서 건설하려는 쉘터의 크기는 대략 헌터 200~300명을 수용할 수 있는 작은 규모의 쉘터라고 합니다. 그러니 여력이 안 돼서 쉘터 건설을 도와달라 이런 말은 아닐 것 같습니다."

"흠……."

이종훈은 깍지 낀 손을 뒷머리에 대며 의자에 기댔다.

회의장에 앉아 있던 다른 엠페러 클랜의 간부들도 이상훈의 이야기를 듣고 생각에 잠겼다.

이상훈의 말대로 소규모 쉘터라면 어렵지 않게 건설할 수 있다.

다만 쉘터는 뉴 어스에 건물만 덩그러니 건설한다고 해서 완성이 아니다.

지구의 도시는 이미 인간에 점령되어 위협적인 포식자들과 격리된 곳에 위치하고 있다.

하지만 뉴 어스는 도처에 몬스터가 널려 있는 땅이다. 현재 게이트 인근에 세워져 있는 뉴 서울 또한 수년 이상 몬스터와의 처절한 싸움을 한 끝에 겨우 인간의 영역으로 확보한 것이다.

새롭게 쉘터를 건설하면 필연적으로 몬스터와 상당 기간 전투를 할 수밖에 없었다.

쉘터의 안정성이 무엇보다 중요한 것은 바로 그 때문이었다. 만약 쉘터가 몬스터로부터의 안전을 확보한다는 기본 기능조차 수행할 수 없다면 그건 터무니없는 자원 낭비에 불과하다.

"아케인 클랜이 몬스터로부터 안전한 쉘터를 만들 수 있나? 건설 회사나 정부가 쉘터 건설에 참여한다던가… 하지만 흰머리산 쉘터 건설 때문에 그럴 여력이 없을 텐데?"

이종훈이 혼잣말처럼 중얼거리자, 이상훈이 선선히 고개를 끄덕였다.

"자세히 알 수 없지만, 제 생각에는 아케인에 안전한 쉘터를 건설할 수단이 따로 있을 것으로 보입니다."

"호오. 그렇게 생각하는 이유는?"

그러자 이종훈은 아케인 클랜의 일 이상으로 흥미롭다는 듯 웃으며 물었다.

이상훈은 역시 아마 모종의 고급 정보를 알아낸 것이 분명했다. 그렇지 않다면 평소 과묵한 편인 이상훈이 저렇게 적극적으로 나서서 아케인 클랜에 대해 이야기할 이유가 없었다.

"아케인 클랜은 지난번에 영원의 숲을 통과하는 흰머리산 보급 호위 의뢰를 성공하지 않았습니까. 그게 아케인이 뜬 이유기도 하구요."

"그래, 그건 나도 알지."

"성대 클랜의 정준구 상무 아시죠?"

"정준구? 알긴 아는데, 성대 클랜이 아케인과 무슨 상관이지?"

이종훈이 이상훈의 뜬금없는 말에 고개를 갸웃거렸다.

"정준구 상무가 이번 흰머리산 보급대의 책임자였지 않습니까. 사실 저는 아케인 클랜이 어떻게 그 의뢰를 성공했는지가 궁금했습니다. 그래서 정준구 상무를 만나서 호위 의뢰 중 아케인 클랜이 어땠냐고 물었더니, 좀 이상한 소리를 하더군요."

"이상한 소리?"

이종훈은 이상훈의 말에 관심을 보이며 물었다.

"영원의 숲 안에서 이동을 할 때 하루 30㎞ 정도로 거리를 제한했고, 쉴 때마다 캠프 주변에 무언가를 뿌리고 있었답니다."

"…뭐를 뿌려?"

"정준구 상무도 뭘 뿌린 건지는 알 수 없었답니다. 무슨 수를 쓴 건진 모르지만, 영원의 숲을 통과하는 동안 몬스터는 한 번도 마주치지 않았다고 합니다. 저는 캠프 주변에 무언가를 뿌린 그 행동이 이번 호위 의뢰를 성공한 것과 관련이 있는 것 같습니다."

이종훈은 의외의 이야기에 조금 얼떨떨해졌다. 이상훈은 그 심정을 이해한다는 듯 고개를 주억거리며 덧붙였다.

"거기에 하루에 30㎞씩 이동한 점을 생각하면, 사실상 지형지물만 피하면서 직선으로 이동한 거나 다름없지 않습니까. 영원의 숲의 크기나 보급대의 규모를 생각하면, 단순히 운이 좋아서 몬스터와 마주치지 않은 건 절대 아니겠죠."

이종훈도 일리가 있다는 듯 고개를 끄덕였다.

"하긴 열흘 만에 그 숲을 통과하는데 몬스터를 안 만났다니, 우연이라고 하기엔 힘들지."

"형님, 걔네들이 뭐 별거 있겠습니까? 별거 아닐 것입니다."

뭔가 회의가 자신의 의도와 다르게 흘러가는 것 같은 느낌이 들자 최성준은 다시 한 번 끼어들었다.

"넌 뭔가 알고 있어서 그런 소리를 하는 거냐?"

화가 난 이종훈은 급기야 인상을 쓰며 최성준을 돌아보았다.

"그건 아니지만, 그까짓 놈들이 뭐 있겠습니까?"

"하!"

이종훈은 어이가 없어 헛웃음을 지을 뿐이었다.

최성준은 그저 아케인 클랜이 마음에 들지 않는다는 어처구니없는 이유로 아케인 클랜을 깎아내리는 것에만 집중을 하고 있었다. 정말이지 대한민국 제일의 헌터 클랜의 전무라는 지위에 어울리지 않는, 소인배 같은 모습에 이종훈은 가슴이 답답했다.

"최 전무님, 잘 생각해 보십시오."

"뭐! 뭘 생각해 보라는 거야!"

보다 못한 이상훈이 한마디 하자, 자신에게 뭔가 훈계를 하는 듯한 말에 심기가 불편해진 최성준이 인상을 썼다.

이상훈은 답답한 마음을 누르고 애써 표정을 펴며 말했다.

"아케인 클랜장인 정정진은 최초로 영원의 숲에서 살아남은 사람입니다. 그리고 생각해 보십시오. 매직 웨폰을 누가 만들었습니까? 솔직히 전 헌터 협회에서 독점적으로 판매하고 있는 포션을 공급하고 있는 것도 아케인 클랜장이라고 봅니다."

"헉!"

순간, 회의장 여기저기에서 짧은 비명과도 같은 감탄성이 터져 나왔다.

발굴된 아티팩트가 아닌 생산품으로서의 매직 웨폰은 현재 오직 헌터 협회와 아케인 클랜에서만 판매되고 있었다.

처음 헌터 협회가 아케인 클랜이 매직 웨폰을 판매하는 것을 허가했을 때, 엠페러 클랜에서도 그 문제에 대해 반발했다. 매직 웨폰 판매는 헌터 클랜에게 무척이나 매력적인 판매 사업이기 때문이다.

그래서 매직 웨폰을 제공한 사람이 아케인 클랜의 클랜장이라고 헌터 협회에서 발표를 했을 때, 경악할 수밖에 없었다.

누군가가 매직 웨폰을 공급하고 있을 것이라고 생각은 하고 있었지만, 설마 하니 그게 아케인 클랜의 클랜장일 거라고는 아무도 짐작하지 못했던 것이다.

그런데 지금 이상훈은 '포션 또한 정진이 공급하는 것이 아니냐'는 의심의 한마디를 던진 것이다.

"포션도 그가 만들었다는 거냐?"

이종훈도 놀라서 물었다. 이상훈은 담담하게 고개를 끄덕였다.

"실제로 처음 매직 웨폰이 나오고 나서 얼마 지나지도 않아서 포션까지 나오지 않았습니까? 그것도 전부 헌터 협회에서 독점했구요. 공급자가 같은 사람인 게 아니라면 그런 대단한 일을, 그전까지는 별 권력도 없던 헌터 협회장이 갑자기 추진할 수 있을 리 없다고 봅니다."

이상훈의 이야기를 들은 엠페러 클랜의 간부들은 각자 고개를 끄덕였다. 일리가 있는 말이었다.

실제로 정진과 헌터 협회, 특히 전기수 회장과 이기동 상무로 이어지는 헌터 협회장 라인과의 친밀함은 이미 새삼스러울 것도 없는 사실이다.

"확신할 수 있는 거냐?"

이종훈이 떠보듯 물었다.

"예. 아까 말했던 이기동 상무 쪽의 사람에게 들었습니다. 아케인 클랜장과 이기동 상무가 친해진 시기와 매직 웨폰과 포션이 판매되기 시작한 시기가 거의 비슷합니다. 거기다 매직 웨폰 판매가 시작되고 나서, 또 포션 판매가 시작되고 나서 이기동과 정정진의 사이가 눈에 띄게 더 가까워졌다고 했습니다. 불 보듯 빤하다고 생각합니다."

"허… 매직 웨폰을 만드는 것만으로 놀랄 일인데, 포션을 만들 수 있다니. 황금 알을 낳는 거위, 아니, 완전히 황금 송아지를 낳는 소구만."

이종훈이 헛웃음을 지었다. 다른 간부들도 마찬가지였다.

"그러니 쉘터 건설에 자금이 부족할 일도 없을 것이고… 솔직히 포션도 만들 수 있다면 몬스터를 쫓는 약이나 도구도 만들 수 있지 않을까 생각합니다."

"몬스터를 쫓는 약이나 도구라니……."

그런 게 있기만 하면 쉘터 건설은 정말 문제도 아니다. 문제는 그게 아주 허황된 말처럼 들리지가 않는다는 거다.

허황된 말로 치부하기엔 매직 웨폰이나 포션을 개인이 만들어낸다는 것 역시 믿기지 않는 일이었다. 그런 것들을 가능하게 한 아케인 클랜이라면 뭔가 수가 있어도 있을 것이라는 생각이 들었다.

"만약 아케인이 몬스터를 피할 수 있는 방법을 알고 있다면, 안전하게 쉘터를 건설하는 것도 쉬울 거라고 생각합니다."

이상훈은 아케인 클랜의 잠재력을 인정하고 협력하는 것이 엠페러 클랜이 더욱 발전할 수 있는 길이라고 생각하고 있었다.

"그렇군, 쉘터 건설이라……."

"이미 기업들이나 정부와는 이야기가 끝난 것 같습니다. 백화 클랜장과 같이 온다는 걸 보니 백화 클랜과 협력 관계를 맺은 듯한데, 우리에게도 같은 제의를 하지 않을까 싶습니다."

"뭐야, 그럼 우린 들러리인 거야?"

다시 한 번 최성준이 이상훈의 말에 끼어들었다.

"너, 내가 뭐라고 했나?"

그러자 이종훈이 그를 돌아보며 날카롭게 물었다.

다른 때 같으면 전무인 최성준에게 너라고 말하지는 않겠지만, 계속해서 엉뚱한 소리만 해 대면서 분위기를 해치니 짜증이 난 것이다.

"헙! 아닙니다."

최성준은 이종훈의 분위기가 심상치 않자 얼른 꼬리를 말았다.

하지만 그는 몰랐다. 이미 오늘 너무도 많은 실수를 했고, 밉보일 대로 밉보였다는 것을.

† † †

"안녕하십니까, 아케인 클랜을 이끌고 있는 정정진이라고 합니다."

"안녕하세요."

정중하게 인사를 하는 정진, 그리고 그에 비해 백장미는 간단하게 인사를 하였다.

백화와 엠페러 클랜 모두 오래전부터 같은 3대 클랜으로서 교류가 있었기 때문이다.

"그래, 아케인과 백화 클랜장님이 저희 엠페러를 이렇게 직접 찾아오신 이유가 무엇입니까?"

비록 자신보다 나이는 어리지만, 어찌 되었든 한 클랜의 수장들이다.

이종훈은 섣불리 행동하지 않았다.

"여기 백장미 클랜장께서는 제 부탁으로 함께 오신 것입니다. 엠페러 클랜에 드릴 말씀이 있어 찾아뵈었습니다."

정진이 빙긋 미소 지었다. 이종훈도 겉으로는 여유로운 표정을 지었지만, 눈으로는 바쁘게 실제로 처음 보는 정진의 모습을 살피며 파악하고 있었다.

"이미 나온 이야기라 혹시 들어보셨는지 모르겠습니다. 저희 아케인 클랜에서는 이번에 뉴 어스에 소형 쉘터를 여러 군데 건설하려고 합니다."

이종훈은 조금 전 간부 회의에서 나왔던 이야기에 눈을 반짝이며 속으로 회심의 미소를 지었다. 미리 회의까지 한 보람이 있었다.

'이 상무의 정보가 확실하군.'

이종훈의 반응이 나쁘지 않자, 그의 표정을 보던 정진이 이채를 띠었다.

그동안 기업이나 정부나 클랜이나, 다른 곳에서는 자신이 쉘터를 만들겠다고 했을 때 의문부터 표했다. 그런데 엠페러 클랜의 수장인 이종훈은 아무런 반문도 없이 경청하고 있는 것이다.

'확실히 제1클랜 클랜장이라는 건가.'

엠페러에서 간부 회의까지 있었다는 것을 모르는 정진은 그저 이종훈이 배포가 대단한 사람이라고만 생각하고, 살짝 감탄하며 고개까지 끄덕였다.

"별로 놀라지 않으시는군요. 역시 엠페러 클랜이라면 저에 대해 어느 정도 정보를 들으셨을 거라고 생각했습니다."

그러자 이종훈이 떠보듯 물었다.

"매직 웨폰을 만드신단 것은 이미 알려진 이야기고, 포션도 아케인 클랜에서 만들어 공급하지 않습니까?"

"허! 그것도 알고 계셨습니까?"

정진은 이종훈의 질문에 잠시 눈을 동그랗게 떴다가, 망설이지 않고 바로 인정했다.

어차피 검찰에서 조사를 받고 있는 전기수가 자신과 다른 길을 선택한 이상, 자신이 아무리 비밀로 하고 싶어도 여기저기 정보를 흘리고 다닐 것이다. 더 이상 비밀이라 할 수도 없는 일이기도 했다.

또한 이제는 더 이상 자신의 능력을 숨길 필요가 없었다.

사실 자신과 주변 사람들을 지킬 수 있을 정도의 힘은 이미 오래전에 갖췄다.

다만 보다 확실한 세력을 갖출 수 있는 시간을 마련하기 위해서였을 뿐.

정진이 당당한 표정으로 포션의 제작자라는 점을 인정하자, 확답을 들은 이종훈은 머릿속이 복잡해졌다.

이렇게 되면 회의 때 이야기가 나왔던 대로 아케인 클랜에게는 몬스터들을 쫓아 보내는 등의 획기적인 수단이 있을 가능성이 높았다.

'사실이라는 게 밝혀진 이상, 무조건 가까워져야겠군. 그런데 어떻게 한다……'

이종훈은 조금씩 심장박동이 빨라지는 것을 느꼈다. 얼굴이 상기되어 있었다.

나이가 들면서 잊었던 흥분이 새삼 떠오르고 있었다.

젊은 시절 헌터가 되어 뉴 어스에 넘어가 처음 몬스터를 잡았을 때, 대한민국 최초로 5급 헌터 라이선스를 취득한 일… 잊었다고 생각한 기억들이 눈앞에 그려졌다.

사실 몸이 허약하던 이종훈은 어린 시절 우연히 접한 무술 영화에 심취했다.

이후 아버지를 졸라 태권도, 유도는 물론이고 검도에 이르기까지 각종 무술을 배우기 시작했다.

운동을 하면서 몸도 건강해졌지만, 게이트 사태 이후 안전에 대한 사람들의 불안이 심화되면서 자신이 해야 할 일이 생겼다고 생각했다.

헌터라는 직업을 선택하는 데 있어 그는 전혀 주저함이 없었다.

그렇게 엠페러 클랜은 초창기 헌터들 중 두각을 나타내던 인물들을 주축으로, 대한민국의 헌터들을 선도하자는 마음으로 시작되었다.

몇 번의 클랜장 교체가 있었고, 지금의 이종훈이 클랜장을 맡으면서 엠페러는 대한민국 최고의 헌터 클랜이라는 타이틀을 얻게 되었다.

그러나 어느 순간 엠페러 클랜의 헌터들은 명성에 도취되기 시작했다.

처음 클랜을 만들었을 때의 마음은 잊고, 기업에 소속되어 그들의 명령을 들을 수밖에 없는, 여느 클랜들과 별로 다를 바 없는 양상을 보이게 된 것이다.

클랜의 규모가 커지고, 점점 대규모 사업에 손을 대기 시작하면서 그러한 현상은 더욱 만연해 갔다.

요즘 들어 이종훈은 이런 엠페러 클랜의 모습에 부쩍 회의감이 들었다.

자신이 엠페러의 클랜장이 된 이후, 많은 물적 발전이 있었지만 엠페러의 정신은 많이 훼손이 되었다는 생각에 후회도 들었다.

지금 자신의 앞에 당당한 얼굴로 앉아 있는 정진의 모습에서, 이종훈은 초창기 클랜을 결성했을 때의 순순한 자신을 떠올렸다.

대한민국의 헌터를 선도하며, 그들의 안전과 발전을 위해 노력한다.

지금 정진의 모습은 자신이 바라던 바로 그 모습이었다.

"백장미 클랜장이 함께 찾아온 것을 보니, 백화 클랜은 아케인 클랜과 함께하기로 한 겁니까?"

이종훈이 정진의 옆자리에 앉아 있던 백장미에게 조용히 물었다.

"저희 클랜에도 좋고, 다른 헌터들에게도 좋고, 일반 사람들과 우리나라에도 좋은 일이죠. 마다할 이유가 있나요? 적극 참여할 생각이에요."

백장미는 두말할 것도 없다는 듯 말했다.

쉘터가 늘어난다는 것은 그만큼 사냥터와 가까워진다는 것과 마찬가지였다. 즉, 이동 거리나 시간이 줄어들어 헌팅에 이용되는 자원을 절약할 수 있다는 의미다.

그동안 뉴 어스에 쉘터라고는 뉴 서울과 뉴 대전, 두 곳뿐이었다.

그렇기 때문에 사실 몬스터 사냥을 나가면 대부분 이동하는 것에 시간을 많이 빼앗겨야 했다.

사냥을 끝냈다고 해도 다시 돌아와야 하고, 무거운 장비들과 몬스터에게서 얻은 부산물들을 옮기는 것도 여간 귀찮은 일이 아니었다.

이동 거리가 줄어든다면 몬스터뿐만 아니라 다크 헌터들의 습격에서도 지금과는 비교가 되지 않을 정도로 안전할 수 있었다.

이종훈도 고개를 끄덕였다. 자신이 생각해도 이보다 좋은 일이 없었다.

"그런데 제가 듣기론 백화 클랜뿐만 아니라 다른 곳에서도 많이 참여한다고 하던데, 지분을 어떻게 나누는 겁니까?"

이종훈의 질문은 무척이나 민감한 문제였다.

아무리 좋은 일이라도 돈이 연관된 문제만큼은 확실하게 매듭을 짓고 넘어가야만 나중에 문제가 생기지 않는다.

클랜이라는 것이 결국 이득을 추구하려는 헌터들의 모임인 이상 이윤 문제는 고려하지 않을 수 없다.

특히 아무리 소규모라고 해도 쉘터를 건설하는 일은 명실공히 대한민국 최고의 클랜인 엠페러라고 해도 부담이 없을 수 없는 규모의 일이었다. 어중간한 이득 가지고는 실행할 수가 없는 것이다.

그것은 정진도 잘 알고 있었다.

"두 가지 안이 있는데, 들어주시기 바랍니다."

이종훈이 고개를 끄덕이며 다시 정진을 바라보았다.

"먼저 하나는 기존의 방식과 동일하게, 건설되는 하나의 쉘터에 대해 이익을 나누는 것입니다."

"그렇군요."

"그리고 다른 안은 건설되는 쉘터 하나하나를 저희와 독점 계약하는 것입니다."

정진의 말에 집중하던 이종훈이 어리둥절한 얼굴로 물었다.

"쉘터 하나하나를… 독점 계약한다구요?"

"예, 그렇습니다."

"그게 무슨 뜻입니까?"

"어려운 것이 아닙니다. 말 그대로 저와 각 클랜들이 일대일로 계약을 맺고 쉘터 건설을 하는 것이죠."

"그건… 좀 복잡한 문제가 있을 것 같은데요."

멈칫한 이종훈이 가감 없이 말했다.

그러자 정진은 차분히 미소 지었다.

"저희가 건설하려는 쉘터는 소규모 쉘터가 아닙니까? 제

말은 건설되는 쉘터의 운영권을 의뢰한 클랜이 갖는 대신, 쉘터를 건설하는 비용을 받는 식으로 계약하고 싶다는 겁니다."

"아… 그럼 아케인 클랜은 만약 헌터 클랜이 쉘터 건설 의뢰를 하면, 건설 업체처럼 각 클랜이 원하는 곳에 그 클랜만의 쉘터를 건설해 주겠다는 거로군요."

"예, 그렇습니다. 수익 분배를 투명하게 하기 위해선 중간에 중재를 해줄 존재가 필요할 거라고 생각합니다."

"그건 그렇지요. 누가 중재자가 되는 겁니까?"

쉘터가 완성된 이후 운영을 하게 되면, 쉘터를 의뢰한 헌터 클랜이 운영 주체가 될 것이다.

그렇게 된다면 의뢰 계약대로 건설한 아케인 클랜과 의뢰한 클랜이 서로 운영권의 일부를 분배할 때, 문제의 소지가 있을 수 있었다.

두 곳 모두 안심하고 믿을 수 있으면서, 두 클랜의 압력에도 영향을 받지 않는 중재자가 필요하다.

엠페러 클랜이나 백화 클랜이 계약을 맺고 쉘터를 건설한다고 하면, 3대 클랜 중 두 곳이 서로 분쟁을 벌이게 된다. 그렇다고 남은 3대 클랜에서 중재를 할 수도 없다.

정진이 그의 심정을 이해한다는 듯 고개를 끄덕이며 말

했다.

"정부와 헌터 협회가 맡아서 할 것입니다. 솔직히 클랜 입장에서 쉘터를 전부 운영하는 게 쉽지 않겠지요. 인력도 나눠질 것이구요. 어차피 정부는 공정한 세금을 걷기 위해서 각 쉘터에 상주 인원을 파견해야 할 것이고, 헌터 협회에서도 헌터들의 활동을 체크하기 위한 인원이 필요하겠지요."

"그러면 건설된 쉘터의 운영권은 의뢰한 클랜이 갖고, 아케인 클랜과의 계약으로 인해 발생하는 행정적인 부분은 정부와 헌터 협회에 위임을 하겠다는 말입니까?"

"예, 정부에 세금도 내야 하고, 또 헌터 협회에도 일정 지분을 줘야 하는 건 이미 정해져 있는 사실이지요. 굳이 돈을 주면서 골치 아픈 일까지 대신해 줄 필요는 없지 않습니까?"

정진은 살짝 어깨를 으쓱이며 말했다.

그러자 이종훈은 물론이고 백장미까지 잠시 멍한 표정을 짓다가, 돌연 웃음을 터트렸다.

"하하하하!"

"후후후, 그렇지! 재주는 우리가 부리고 돈은 그들이 벌게 둘 수는 없는 일이지."

이종훈과 백장미는 정진의 말이 마음에 들었는지 두 번째 안에 관심을 보였다.

여러 기업과 클랜, 정부까지 끼어 있는 대규모 계약이 된다면 분배가 복잡해질 수밖에 없다.

정진의 말대로 분배가 투명하게 이루어질 수만 있다면 아케인 클랜과 독점 계약을 맺는 편이 훨씬 속 편했다.

소규모 쉘터의 지분을 여럿이서 쪼개서 가지는 것도 미묘하고, 독립된 쉘터가 아니면 마음대로 운영할 수 없다는 정도 그렇다.

각 쉘터를 의뢰한 클랜에서 운영권을 가지고 쉘터에 관여하는 조직과 적당한 이익 분배를 하는 것이 타당하다 느껴졌다.

능력이 되는 클랜은 더욱 많은 쉘터 건설 의뢰를 할 것이고, 그렇지 못한 클랜은 한두 개 정도만을 의뢰하게 될 것이다.

혼자서 쉘터를 의뢰하기 힘든 곳은 다른 곳과 힘을 모아 의뢰할 수도 있을 테니, 형평성에 있어서도 그렇게 하는 것이 맞았다.

그렇다고 각 클랜이 자신들이 운영하는 쉘터에 소속 헌터만 들어올 수 있게 하지도 않을 것이니 가진 쉘터가 없다고 해서 불만을 토로하는 헌터도 없을 것이다.

또한 각각의 클랜이 가진 특성이나 쉘터를 운용하려는 목적에 맞게 쉘터의 설계나 운영 방향을 결정할 수 있다는 점도 매력적이었다.

이종훈과 백장미는 벌써부터 머릿속에 수많은 계획들이 떠오르고 있었다.

"제 생각에는 두 번째가 나은 거 같아요."

"내가 생각해도 첫 번째보다 더 합리적이군요."

이종훈도 백장미의 의견에 동의하며 선뜻 고개를 끄덕였다.

사실 이종훈은 쉘터 이야기가 처음 나왔을 때부터 생각했던 것이 한 가지 있었다.

엠페러 클랜에는 나이가 많아 은퇴를 앞두고 있는 헌터들이 많았다.

언제나 새로 유입되는 헌터들이 있지만, 클랜이 생긴 지 오래된 만큼 나이가 들어 은퇴하는 헌터도 많을 수밖에 없었다.

사실 나이가 많아졌다고 해서 헌팅이 아예 불가능한 것은 아니었으나, 육체 능력이 퇴화하다보니 헌터 등급에 비해 위험한 사냥에 쉽게 투입할 수 없다는 위험이 있었다.

그렇다고 높은 등급의 그들을 쉬운 사냥터로만 돌려도 클랜 입장에서는 적자가 날 수밖에 없다.

때문에 어쩔 수 없이 나이가 많이 들면 헌터들 스스로가 클랜에서 물러나는 것이 암묵적인 규칙이었다. 그래야 동료 헌터들이 피해를 입지 않기 때문이다.

그런데 정진의 계획대로 뉴 어스에 쉘터를 세울 수 있다면 이야기가 달라진다.

'그래, 이거야!'

이종훈은 회심의 미소를 지었다.

그의 생각은 바로 은퇴 연령이 된 헌터들을 뉴 어스에 세워질 쉘터에 고용하는 것이었다.

굳이 쉘터 내에 상점만 세워야 한다는 법은 없다.

신입 헌터를 위한 훈련소를 만들어 교관으로 고용하거나, 몬스터 헌팅 경험이 많은 베테랑들이니만큼 쉘터 내 치안을 관리하거나 쉘터의 방벽을 지키는 역할을 맡길 수도 있을 것이다. 쉘터 주변 몬스터들을 쫓아내는 기동대처럼 운영할 수 있을지도 모른다.

이종훈은 더 이상 함께 피땀 흘려 싸우던 전우를 떠나보내지 않아도 되겠다는 생각에 절로 기분이 좋아졌다.

이종훈의 만족스러운 표정을 본 정진도 빙긋 미소 지

었다.

의도대로 엠페러 또한 뜻을 같이 하게 되면서, 앞으로의
계획을 더 원활히 진행할 수 있을 듯했다.

헌터 협회는 물론이고, 헌터 관리청으로 대표되는 정부도
쉘터 건설에 적극 찬성을 하고 있는 지금, 대한민국 3대 클
랜이 모두 손을 잡게 되었으니 거칠 것이 없었다.

Chapter 6
아케인 쉘터

　통나무로 된 커다란 건물 앞, 많은 사람들이 모여 북적거리고 있었다. 아케인의 클랜원들과 쉘터 건설을 위해 고용된 사람들이었다.

　뭔가 기쁜 일이 있는 것인지 그들은 하나같이 입가에 미소가 가득한 밝은 표정이었다.

　그 앞의 낮은 단상 위에는 정진과 백장미, 엠페러 클랜의 이종훈을 비롯한 일단의 사람들이 있었고, 단상 주변에는 각 클랜의 간부들이 무리 지어 서 있었다.

　각 클랜을 상징하는 팀복을 입고 있는 다른 이들에 비해 확연하게 구분되는 복장의 사람들도 끼어 있었다. 바로 정부와 헌터 협회에서 나온 사람들이었다.

그들이 모인 것은 바로 오늘이 아케인 클랜에서 건설하던 영원의 숲 입구에 위치한 쉘터의 완공식이 있는 날이기 때문이었다.

물론 축하만이 목적은 아니었다.

특히 백화 클랜과 엠페러 클랜에서는 축하도 축하지만, 아케인 클랜이 건설한 쉘터가 어떤지 확인하는 것이 주목적이었다.

다만 즐거워 보이는 아케인 사람들과는 달리, 완성된 쉘터를 보는 다른 클랜원들이나 정부 관계자들의 표정은 그리 좋지 못했다.

다른 클랜의 좋은 자리에 분위기를 망칠 수는 없으니 애써 표정을 밝게 하려고 하고 있었지만, 그런 모습이 더욱 부자연스럽기만 했다.

그나마 정진이 있는 단상 위는 좀 덜했다.

"정진아, 이 쉘터 정말 안전한 거야?"

단상 위에서 완성된 쉘터를 한 바퀴 둘러보던 백장미가 불안한 얼굴로 물었다.

이종훈 또한 호기심 섞인 눈으로 정진을 쳐다보았다.

"후후, 이곳이 나무로 지어져 불안해 보이겠지만 그 어느 곳보다 안전해."

"그래? 어째서 안전하다는 거야?"

"일단 쉘터 완공에 대한 축하를 하고, 간부들과 함께 둘러볼 때 설명해 줄게."

정진은 백장미의 질문을 뒤로하고 단상 위로 올라갔다.

그런 그의 뒷모습을 지켜보는 백장미와 이종훈은 작게 한숨을 쉬었다.

클랜장으로서 간부들을 설득해 아케인 클랜에 쉘터 건설 의뢰를 하였는데, 아케인에서 건설한다는 쉘터가 설마 이렇게 허술할 줄은 예상하지 못했다. 클랜원들의 실망한 듯한 표정이 신경 쓰였다.

결코 적지 않은 자금이 들어갔다.

계약을 통해 쉘터가 완성되면 운영권의 65%를 가지는 것으로 의뢰 내용이 정해져 있다.

하지만 그건 나중에 수익이 났을 때 회수할 수 있는 거고, 건설 자금이 투입되었을 뿐인 지금 상태에서 보이는 쉘터의 모습은 아닌 게 아니라 너무 허술해 보였다.

분명 간부들 쪽에서 불만의 목소리가 나올 것이 분명했다.

그런데 지금 정작 건설한 당사자인 정진은 분명 그런 기색을 눈치챘을 텐데도 너무도 느긋한 모습을 보이고 있었다.

막말로 지금 쉘터의 모습을 보면, 중형 몬스터인 오거 한 마리만 와도 무너져 버릴 것만 같은 목책이 주변을 한 겹 두르고 있을 뿐, 별다른 방어 시설조차 보이지 않았다.

그런데도 정진이나 아케인 클랜원들의 표정은 세상에서 가장 튼튼한 건물 안에 있는 것처럼 너무도 평화롭기 짝이 없었다.

"백장미 클랜장, 혹시 뭔가 들은 것이 있습니까?"

이종훈은 혹시나 하는 마음에 넌지시 물었다.

하지만 백장미 또한 정진에게 쉘터에 관해 들은 것이 없었다.

"아니요, 저도 들은 것이 없어요."

이종훈은 찜찜한 얼굴로 단상 위에서 연설을 하고 있는 정진의 모습만 조용히 지켜보았다.

"우리는 역사적인 일을 완수했습니다."

정진의 말이 끝나기 무섭게, 단상 앞에 모여 있던 아케인 클랜 소속 헌터들이 함성을 지르고 박수를 쳤다.

이곳 쉘터가 완성될 때까지 현장에서 발생하는 소음을 듣고 모여드는 몬스터에게서 현장을 지키기 위해 노력을 했던 헌터들은 감회가 새로운 얼굴을 하고 있었다.

그러나 백화 클랜, 그리고 엠페러 클랜의 표정은 그리 밝지 않았다.

아케인 클랜에 속아 이런 허접스러운 쉘터를 짓는데 막대한 클랜의 공금을 사용했다는 생각만 들었다.

"이곳은 그저 시작일 뿐입니다. 앞으로 이와 같은 쉘터가 뉴 어스 곳곳에 건설이 될 겁니다. 우리 아케인의 이름은 뉴 어스는 물론이고, 세계 곳곳에서 들을 수 있는 이름이 될 겁니다."

비록 연설을 전문적으로 배운 것은 아니지만, 정진의 말에는 진실이라는 힘이 들어 있었다. 듣는 이들로 하여금 심장을 뛰게 하였다.

물론 전적으로 정진에 대한 신뢰를 가지고 있는 아케인 클랜의 헌터에 한한 이야기였지만.

이미 쉘터의 허술한 외형에 색안경을 쓰고 있는 다른 클랜의 간부들에게 정진의 연설은 그저 사기꾼이 하는 말 그 이상도 이하도 아닌, 그런 감언이설일 뿐이었다.

그러니 심장이 두근거리거나 감동을 느낄 리도 당연히 없었다. 그저 정진에 대한 신뢰도만 계속해서 떨어질 뿐이었다.

"오늘 하루는 이 기념비적인 날을 위해 마음껏 즐기기 바랍니다."

"와아아아!"

말을 마친 정진이 단상에서 내려오고, 사람들이 환호하며 떠들썩해졌다.

정진은 굳은 표정으로 그를 줄곧 바라보고 있던 이종훈과 백장미를 향해 걸어갔다.

"이제 가시지요."

"응?"

백장미가 고개를 갸웃거리자, 되레 정진이 더 의아한 표정을 지었다.

"조금 전에 그랬잖아, 쉘터를 둘러본다고. 우리 클랜의 간부와 헌터들은 직접 공사에 참여했으니 모두 알고 있지만, 다른 클랜에서는 이 쉘터가 어떤 곳인지 알지 못하잖아. 앞으로 쉘터들이 완공되어 각 클랜에 인계가 되면 직접 관리를 해야 하니, 쉘터의 기능에 대해서 자세히 알아야지."

이종훈과 백장미는 서로를 얼떨떨한 얼굴로 돌아보았다.

"이 쉘터가 어떻게 몬스터를 방어하는지 보여줄게."

그렇게 덧붙이는 정진의 얼굴은 자신만만했다.

그 표정을 본 백장미는 비로소 안심한 표정을 지었다. 정진이 저렇게 자신 있어 하는 데는 분명 이유가 있으리라.

"아하. 야, 그럼 그렇다고 먼저 얘기를 해야지."

퍽!

백장미가 손으로 정진의 옆구리를 쳤다.

"윽! 누나, 아퍼!"

"뭐야, 얼마나 세게 쳤다고 그래. 엄살은!"

정진과 백장미가 투닥거리며 앞장서고, 그 뒤로 이종훈이 아케인 클랜의 이정진과 함께 걸어갔다.

"혹시 저 두 사람, 사귑니까?"

이종훈이 고개를 갸웃거리며 이정진에게 물었다.

백장미가 남자를 만난다는 이야기를 듣지 못했는데. 오히려 남자라면 진저리를 치며 싫어하는 그녀가 아닌가?

지금 눈앞에서 벌어지고 있는 모습이 너무도 낯설었다.

"저희도 그것이 헷갈립니다. 분명 저런 모습을 보면 사귀는 것도 같은데, 그렇다고 더 이상 진도가 나가지도 않습니다. 참 뭐라 말하기 어렵습니다."

이정진이 어깨를 으쓱했다. 두 사람은 비슷한 심정으로 앞서 가는 두 사람을 쳐다보며 기묘한 표정을 지었다.

"그런데… 이곳 쉘터가 정말 몬스터로부터 안전합니까?"

솔직히 백장미와 정진이 사귀든 말든 아무런 상관없다. 두 사람이 결혼을 하여 두 클랜이 합병이 된다고 해도 상관없었다. 엠페러 클랜의 영역만 침범하지 않으면 뭘 어떻게 하든지 관심 밖의 일이다.

하지만 쉘터의 안전에 관한 문제는 다르다.

이정진은 빙그레 미소를 지으며 대답했다.

이미 다른 헌터 클랜이나 기업에 쉘터를 건설해 판매를 하겠다는 계획이 나왔을 때부터 이런 질문이 나올 거라고 예상할 수 있었다. 실제로 아케인에서 지은 쉘터가 겉보기에는 다소 초라해 보이는 게 사실이었으니까.

자신도 정진을 만나 아케인 클랜에 들어오지 않았다면 같은 반응을 보였을 것이다. 애초에 소규모 쉘터 구축이라는 일을 상상도 할 수 없었을 것은 물론, 이렇게 목조건물로 쉘터를 지을 것이라고 한다면 믿을 수 없었을 테니까.

"글쎄요, 직접 보고 확인하시지요."

이종훈의 궁금증은 더욱 커져만 갔다.

눈으로 보이는 것으로만 판단해도 이곳은 쉘터라 부르기에 부적합한 모습이었다.

뒤로는 몬스터의 천국이자 금지인 영원의 숲, 다른 방향은 개활지라 몬스터가 몰려들면 끼고 도망칠 곳도 보이지 않는다.

그런데 아케인 클랜의 간부들과 헌터들은 전혀 불안한 모습이 없었다.

그저 자신들이 쉘터를 만들었다는 자부심만이 가득한 얼굴이었다.

얼마나 걸었을까.

그리 크지 않은 쉘터 정중앙에는 목재로 된 3층 높이의 건물이 있었다. 정진은 그곳 지하로 그들을 안내했다.

뚜벅뚜벅.

"아!"

정진의 뒤로 나무 계단을 따라 일렬로 내려가던 사람들은 건물 지하에 있는 커다란 홀을 보고 입을 쩍 벌렸다.

그 놀란 표정에 정진이 웃으며 말했다.

"뭘 그리 놀라고 그러십니까? 자, 이쪽을 봐주십시오."

그러고는 박수를 두 번 쳤다.

번쩍!

그러자 어두침침한 지하에 밝은 빛이 번쩍이며 실내가 환하게 밝아졌다.

"아니……."

그러나 지하실 그 어느 곳에도 광원으로 보이는 것은 존재하지 않았다.

사람들이 어리둥절하여 웅성거리기 시작했다.

"어떻게 한 것인가?"

이종훈이 재빨리 정진에게 물었다.

그냥 불이 켜졌을 뿐이지만, 간단히 생각할 수 있는 문제가 아니다. 뉴 어스에서는 모든 전자 기기를 사용할 수 없기 때문이다.

눈앞에서 도저히 생각지도 못한 현상이 벌어지니 그냥 궁금증을 간직하고 있기에는 아쉬웠다.

"쉽게 설명하면, 아티팩트가 가진 힘이라고 보시면 됩니다."

"호오……."

정진이 아무것도 아니라는 듯 태연히 말했다.

굳이 이종훈과 그 뒤에 놀라고 있는 다른 클랜의 간부들을 이해시키기 위해 작동 원리를 전부 설명할 필요는 없었다.

지금 중요한 것은 내부 조명을 위해 설치한 라이트(Light) 마법이 어떻게 동작하는지가 아니라, 몬스터의 공격으로부터 방어하는 방법이다.

그래서 일부러 아티팩트란 명칭을 차용했다.

아케인이 건설한 쉘터는 크게 보면 하나의 아티팩트나 마찬가지였다.

이곳 중앙 건물 지하에 설치되어 있는 마법진을 중심으로, 쉘터 내에 배치되어 있는 건물들 모두가 정진이 정교하게 설계한 마법진의 일부다.

"여길 봐주십시오."

홀 중앙으로 걸어간 정진이 한쪽을 가리켰다.

벽면에 어른 주먹만 한 마정석이 박혀 있었다. 그리고 그것을 중심으로 노랗게 빛나는 도형이 그려져 있었다.

사람들의 눈이 휘둥그레졌다.

"헉… 설마 저거, 모두 금인가?"

"금이 문제야? 저 중심에 있는 마정석을 봐."

"저거 상급 마정석 같은데?"

금으로 그려진 마법진과 중심에 설치된 마정석을 본 사람들의 웅성거림이 점차 커졌다.

중앙의 상급 마정석 주변으로 그보다 작은 크기의 마정석들이 육망성을 그리며 박혀 있었다.

"중급 마정석도 여섯 개나 있어."

웅성웅성!

사기를 당한 것이라 생각하고 불만스러워하던 다른 클랜의 사람들은 그 모습에 어리둥절했다.

"저것은 뭡니까?"

놀라움에 잠시 멍해졌던 이종훈이 뒤늦게 정신을 차리고 물었다.

"저것이 바로 이곳 쉘터의 방어 설비입니다."

"저 벽면에 설치되어 있는 것들이 이곳의 방어 설비다? 어떤 식으로 방어한단 말인가?"

"이제 와 말씀드리는 거지만, 전 오래전 이곳에서 낙오했다가 고대 뉴 어스의 마도 문명과 조우했습니다. 그리고 그들에게서 마도를 배우게 됐습니다."

"설마……."

이종훈은 정진의 너무도 허황된 이야기를 듣고는 뭔가 생각나는 것이 있었다.

"생각해 보십시오. 매직 웨폰을 누가 만들었습니까? 솔직히 전 헌터 협회에서 독점적으로 판매하고 있는 포션을 공급하고 있는 것도 아케인 클랜장이라고 봅니다."

얼마 전 이상훈 상무가 했던 말이 문득 떠올랐다.

"지구가 과학이란 학문을 기반으로 발전한 것처럼, 뉴 어스도 마법을 기반으로 문명을 꽃피웠습니다. 하지만 인간의 욕심은 지구나 뉴 어스나 마찬가지였는지, 욕망을 참지 못하고 멸망의 길로 접어들었습니다……."

정진은 진지한 표정으로 자신이 힘을 가지게 된 일과, 그것이 어떤 종류의 힘인지 설명하였다.

또한 뉴 어스에서 발견되고 있는 던전과, 아티팩트의 기원에 대한 것도 설명을 해주었다.

정진은 더 이상 자신에 대한 정보를 숨길 생각이 없었다.

전기수 회장으로 인해 더 이상 숨길 수 없다는 것도 있었지만, 이젠 어느 정도 외부에 드러내도 만일의 경우 대처할 자신이 있기 때문이기도 했다.

힘을 숨기는 것만이 능사가 아닌 때가 된 것이다.

한때는 마법이란 힘을 숨겨야 기득권을 가진 이들로부터 안전을 도모할 수 있었지만, 지금은 아니다.

이제는 힘을 드러내, 쉽게 넘보지 못하도록 그들로부터 자신의 것을 지켜야 할 때다.

먹음직스럽게 보일 것들을 많이 드러냈으니, 그것을 지킬 힘도 있다는 것을 보여주지 않으면 뺏으려 들 것이다.

그렇게 되면 빼앗기지 않기 위해 그들과 싸움을 해야 할 것이고, 절대 질 일은 없겠지만 시간적으로나 물질적으로나 상당한 손해를 입을 것이 분명하다.

자신의 것을 빼앗기 위해선 상당한 출혈을 각오해야 한다는 것을 보여줌으로써 사전에 싸움을 할 엄두를 내지 못하게 만드는 것이다.

병법에도 가장 좋은 것은 싸우지 않고 승리를 하는 것이라고 하였다.

정진은 상대에게 자신과 싸우기보단 협력을 하는 것이 더 이득이란 것을 알린 것이다.

다른 3대 클랜들과 협력 관계를 맺은 것도 그러한 전략의 하나였다.

동등한 관계에서 협력을 맺기 위해서는 뒤지지 않는 역량을 가지고 있다는 것을 보여주어야 한다.

백화 클랜이야 백장미를 통해 알게 된 이후 몇 년간 교류를 하며 그동안 어느 정도 능력을 보여주었다.

하지만 백화 클랜원 모두가 아케인 클랜을 인정하는 것은 아니었다.

분명 백화 클랜 내에도 아케인 클랜을 눈엣가시처럼 여기는 사람들이 있었다.

정진은 이번 기회에 아케인 클랜의 능력에 대한 사람들의 불신을 해소하고자 한 것이다.

이러한 그의 의도는 확실하게 두 클랜의 간부들에게 인식이 되었다.

"아티팩트라니… 허!"

누구의 입에서 나온 소린지는 모른다.

하지만 지금 중요한 것은 앞으로 건설할 쉘터가 아티팩트와 같은 원리로 건설이 된다는 것이다. 그리고 그런 쉘터를 자신이 속한 클랜에서 가지게 된다는 사실이 중요했다.

헌터 생태계의 최전선에 있는 그들은 아티팩트라는 것이 얼마나 놀라운 효용을 보여주는지 오래전부터 알고 있었다. 하물며 정진이 만들어낸 매직 웨폰이 널리 사용되고 있는 지금은 말할 것도 없었다.

"마법이란 것을 이용한다고 했는데, 그럼 그 방어력이 어느 정도인가?"

사람들이 마법이란 것에 감탄을 하고 있을 때, 이종훈은 정진을 향해 물었다.

"예, 지금부터 시범을 보여 드리겠습니다."

정진은 다시 왔던 길을 돌아 건물을 빠져나갔다.

사람들이 얼른 그를 따라 움직였다.

지하실을 나온 정진은 본관 건물 옥상 한쪽에 마련된 감시탑으로 사람들을 안내했다.

마치 소방서 옥상에 설치된 화재 감시탑처럼 외부까지 한눈에 들어오는 아주 높은 곳에 초소가 마련되어 있었다.

쉘터 주변의 모습과 영원의 숲의 경관, 저 멀리 흰머리산까지 보일 정도였다.

그런데 영원의 숲쪽에서 자욱한 먼지구름이 이쪽을 향해 피어오르며 움직이고 있었다.

영원의 숲에 살고 있던 몬스터 중 하나가 쉘터를 향해 달려오고 있는 것이었다.

"몬스터다!"

정진의 뒤쪽에 있던 엠페러 클랜의 간부 한 명이 소리쳤다.

지금 이 쉘터 안에는 아케인뿐만 아니라 다른 클랜들의 헌터들까지 있기에, 수용 인원 대다수가 전투 인력이라고 봐도 과언이 아니었다.

때문에 쉘터를 향해 달려오고 있는 몬스터 정도는 충분히 처리할 수 있겠지만, 과연 쉘터의 방어력이 어떨지 모르는 사람들은 다소 긴장한 표정을 지었다.

조금 전 마법진을 보며 감탄하기는 했지만, 다시 감시탑에 올라 쉘터의 외형을 보니 자신도 모르게 한숨마저 나왔다.

한편 몬스터라는 소리가 들리자, 중앙 건물 앞 광장에서 한참 완공 파티를 즐기던 아케인 클랜의 헌터들이 즉시 파티를 중단하고, 빠르게 쉘터 외벽으로 뛰어가기 시작했다.

영원의 숲에서 자란 커다란 나무들을 잘라서 세운 쉘터 주변 목책의 높이는 약 10m에 이를 정도였다. 폭도 1.5m나 되어, 위에 사람이 돌아다닐 수 있을 정도였다.

아케인 클랜원들은 목책 위쪽에 자리를 잡고 달려오는 몬스터를 주시했다.

그 모습을 감시탑 위에서 지켜본 타 클랜 사람들의 눈이 반짝였다.

몬스터가 나타났다는 한마디에 파티를 즐기던 사람들이 주저 없이 목책 위로 오르는 모습에 감탄한 것이다.

아케인 클랜의 헌터들이 얼마나 훈련이 잘된 정예들인지 알 수 있는 모습이었다.

"지금부터 이곳 아케인 쉘터의 방어력을 보시게 될 것입니다."

지켜보던 정진이 아무런 표정의 변화도 없이 담담하게 말했다.

그 말에 아케인 클랜을 제외한 다른 사람들은 황당한 표정이 되었다.

아무리 아케인 클랜의 헌터들이 강하고 쉘터 내의 전력이 압도적이라고는 하지만, 지금 달려오고 있는 몬스터는 그렇고 그런 하급 몬스터가 아니라 금지라고 알려진 영원의 숲 특유의 난폭하고 강력한 몬스터들이었다.

더욱이 나무로 지어진 목책은 나름 튼튼해 보이긴 했지만, 몬스터를 온전히 막아내기에는 심히 불안해 보였다. 몬스터가 올 때마다 방벽을 수리하는 것도 아닐 텐데, 지금 달려오고 있는 한 마리야 막아낸다 쳐도 앞으로 대체 어떻게 한단 말인가.

한데 지금 정진은 마치 아무것도 아니라는 듯 말하고 있으니 어리둥절한 것이다.

엠페러 클랜의 사람들과 다르게, 백화 클랜은 처음과는 다르게 그리 긴장한 기색이 없었다.

백화 클랜에선 그동안 아케인 클랜과 함께 사냥을 할 기회가 많았다.

아케인 클랜과 합동 사냥을 하면서, 그들이 자신의 등급보다 더 높은 몬스터도 곧잘 잡는 것을 목격했다.

아케인 클랜에서는 대몬스터 병기인 아머드 기어 없이도 트롤이나 오거를 어렵지 않게 잡아내곤 했으니, 지금 먼지를 피우며 달려오고 있는 몬스터쯤은 식은 죽 먹기와 같으리라.

조금 전 불만을 표하던 이들까지도 흥미로운 표정으로 앞으로 벌어질 사태에 대해 기대하고 있었다.

쿵! 쿵!

크워억! 크웍!

영원의 숲을 벗어난 몬스터들이 질러 대는 고함 소리가 들려오기 시작했다.

하지만 쉘터 방벽에 서 있는 헌터들은 몬스터들의 위협에도 붙박인 듯 서서 움직이지 않았다.

달려오던 몬스터들이 가까워지면서 먼지구름 사이로 몬스터들의 모습을 자세히 볼 수 있었다. 바로 트롤 무리였다.

3m에 이르는 키에, 무게만 300kg가 넘는 트롤들은 그저 몽둥이를 휘두르며 달려오는 모습만으로도 위협적이었다.

트롤들이 마침내 목책으로 둘러싼 쉘터의 벽에 부딪혔다.

쾅! 쾅!

큰 덩치의 트롤들이 목책에 부딪히자, 엄청난 소음이 발생했다.

그런데 자세히 보니 목책에 직접 부딪히는 것이 아니라, 목책에서 살짝 떨어진 곳에서 알 수 없는 무언가에 가로막혀 있었다.

트롤들은 자세히 보지 않는다면 눈치챌 수 없을 정도로 미세한, 불과 10㎝ 정도밖에 되지 않는 간격을 둔 채 쉘터에 접근하지 못하고 연신 마임을 하는 것처럼 허공에 몽둥이를 휘둘러 댔다.

쿵! 쿵!

하지만 아무리 두드려도 목책에는 닿지도 않고 있었다.

"아니, 왜 공격을 하지 않는 겁니까?"

감시탑 위에 있던 엠페러 클랜의 간부 한 명이 정진에게 물었다.

"맞습니다. 방벽 위에 올라가 있는 헌터들은 왜 가만히 지켜보고만 있는 겁니까? 빨리 몬스터들을 처리하지 않으면……."

여기저기서 다급하고 의아한 목소리들이 들려왔다.

"진정들 하십시오. 조금 전 제가 그러지 않았습니까? 아케인 쉘터의 방어력을 보여주겠다고 말입니다."

한참 성토하는 엠페러 클랜 사람들의 말을 가만히 듣고 있던 정진이 차분하게 말을 하였다.

"그럼 저 몬스터들이 불러온 것이란 말입니까?"

엠페러 클랜의 전무인 최성준이 툭 물었다.

사람들이 기묘한 표정을 짓고 있었다.

먼 데 있는 몬스터를 소리도 없이 불러올 수도 있단 말인가? 그건 그렇다 치더라도 대체 왜 몬스터를 일부러 불러온단 말인가?

정진은 별 동요도 없이 고개를 끄덕였다.

"그렇습니다."

그때, 감시탑 바닥에서부터 무언가가 스르르 올라왔다. 감시탑 난간과 비슷한 높이로 기둥이 올라와 있고, 그 꼭대기에는 어른 머리만 한 수정이 붙어 있었다.

"우리 아케인 클랜에서 최초로 마도 기술을 사용해 완성한 쉘터입니다. 애써 손님이 오셨는데, 완공 행사에 쇼가 빠지면 안 되겠기에 준비를 해보았습니다. 즐겁게 구경하시고 나중에 감상을 말씀해 주시면 감사하겠습니다."

조금은 장난처럼 말한 정진은 자신의 앞에 놓인 수정에 손을 올리고는 말했다.

"라이트닝 볼트(Lightning Bolt)!"

정진이 갑자기 외치자, 사람들은 대체 무엇을 하는지 몰라 고개를 갸웃거렸다.

"지금 뭐하는 거야?"

우웅!

백장미가 자신의 궁금증을 참지 못하고 질문을 했을 때, 대기를 울리는 듯한 소리가 들렸다.

잠시 후, 커다란 빛 덩어리가 목책을 두들기고 있는 몬스터를 향해 날아가기 시작했다.

"어?"

"뭐야!"

지켜보던 사람들이 얼빠진 얼굴로 한마디씩 소리를 질렀다.

그리고 그 소리는 곧바로 일어난 큰 소리에 묻혀 사라졌다.

파즈즈즉!

날아간 빛 덩어리가 스파크를 일으키며 트롤에 적중했다.

크웍!

본래 라이트닝 볼트는 4클래스의 번개 마법이다. 하지만 현재 쉘터 지하에 설치된 마법진의 영향으로 상당히 강화되어 있었다.

트롤은 어느 정도의 마법 저항력을 갖추고 있기 때문에, 일반적인 4클래스 마법이라면 적중되더라도 죽음에 이를 정도의 피해를 주기는 힘들었다. 그러나 트롤은 강화된 라이트닝 볼트에 맞고 즉사했다.

그뿐만이 아니었다.

빛 덩어리는 그 이후에도 수차례 조금씩 위력과 크기가 줄어들며, 주변에 있는 다른 트롤들을 공격했다. 그러면서 라이트닝 볼트에 직격한 트롤의 주변에 있던 또 다른 트롤들까지 같은 운명을 맞았다.

정진이 쉘터에 적용되어 있는 많은 마법 중에서도 라이트닝 볼트를 시전한 것은 목책을 두들기는 트롤들이 뭉쳐 있었기 때문이다.

만약 트롤들이 조금 더 간격을 두고 떨어져 있었다면 굳이 동급 마법에 비해 마나가 많이 소비되는 라이트닝 볼트를 사용하지는 않았을 것이다.

다른 계열의 마법에 비해 번개 마법들은 모두 넓은 범위를 가지고 있다. 낮은 클래스의 번개 마법이라도 주변에 도전체가 있다면 계속해서 전이가 된다.

빛 덩어리가 완전히 사라지고 난 뒤, 목책 앞에는 시꺼멓게 타버린 트롤 세 마리의 시체와 그들과 함께 쉘터로 달려온 오거 한 마리만이 남아 있었다.

크워어!

오거가 크게 고함을 질렀다.

함께 달려온 트롤들이 단번에 죽어버리자 경계하며 본능적으로 상대를 위협하기 위해 괴성을 지른 것이다.

하지만 쉘터 안의 그 누구도 오거의 괴성을 듣고 두려워하지 않았다.

트롤보다 상위 몬스터인 오거라 해도 그리 두려운 대상은 아니었다. 당장 방금 한 방에 트롤 세 마리를 잡지 않았는가?

거기에 지금 이곳 아케인 쉘터에는 오거를 일대일로 잡을 수 있을 정도의 고위 헌터들이 상당히 있었다.

목책 위에 있는 아케인 클랜원들 중에서도 손발이 맞는 헌터 대여섯 명 정도만 모인다면 충분히 잡을 수 있다.

"홀드(Hold)!"

여전히 수정에 손을 올린 채인 정진이 다시 한 번 시동어를 외쳤다.

그러자 혼자 괴성을 지르며 목책을 두드리던 오거의 주변에 푸른빛이 모여들더니, 오거를 단단히 조이기 시작했다.

그윽!

갑자기 몸을 옥죄는 느낌에 오거가 괴성을 질렀다.

"공격!"

오거가 마법에 묶인 모습을 확인한 정진이 명령했다.

정진의 명령은 메시지 마법을 통해 증폭되어 목책 위에 있던 헌터들에게 즉시 전달되었다.

원거리 무기를 든 헌터들이 목책 위에서 오거를 조준하고 발사했다.

슝! 슝!

홀드 마법에 의해 완전히 고정된 표적이 된 오거는 근거리에서 머리에 볼트 10여 발을 맞고 즉사했다.

"으음……."

감시탑에서 그 모습을 보고 있던 사람들이 침음성을 흘렸다.

이 자리에 모인 헌터들을 생각하면 솔직히 방금 전의 몬스터들을 잡은 것은 그리 대단한 성과라고 볼 순 없었다.

하지만 아주 조금의 피해도 없이, 이렇다 할 전투도 없이 그저 멀리서 마법만으로 몬스터를 잡은 것이나 다름없다. 이건 손도 안 대고 코 푼 격이었다.

"어떻습니까?"

정진이 그런 그들을 돌아보며 물었다.

대표로 나선 이종훈이 막 입을 열려던 그때, 그보다 한발 앞서 나선 이가 있었다.

"와, 짱이다! 조금 전 그거 마법이지? 장난 아니다!"

백장미가 상기된 얼굴로 외쳤다. 이종훈을 보고 있던 정진은 그녀를 보고 웃음을 띠었다.

"맞아."

"방금 전 그게 네가 한 거야?"

정진이 고개를 저었다.

"아니, 방금 그 마법은 쉘터 방어 시스템의 일부야. 방벽을 공격하는 몬스터를 막고, 공격할 수 있지."

백장미가 놀라 더욱 눈을 크게 떴다.

"그래? 그럼 다른 기능도 있어?"

"내가 마법을 시전하기 전 트롤과 오거가 목책을 두들겼잖아?"

"그래, 그런데 그게 뭐?"

몬스터들이 목책을 두들긴 것과 쉘터의 기능과 무슨 연관이 있는 것인가.

백장미만이 아니라 다른 사람들도 의뭉스러운 눈길로 정진을 돌아보았다.

"그럼 밖으로 나가 목책을 한 번 확인해 보죠."

정진을 따라 사람들은 다시 밑으로 내려가 목책 밖으로 나섰다.

조금 귀찮기는 하지만, 몬스터의 공격을 받은 목책이 정말로 멀쩡할지 궁금해진 것이다.

"어?"

가장 먼저 목책 근처로 다가가 상태를 확인해 본 누군가의 입에서 의아함이 터져 나왔다. 멀리서 보았을 때 생각 외로 본래의 형태를 유지하고 있어 감탄하긴 했지만, 가까이서 보니 그 정도 수준이 아니라 흠집 하나 나지 않은 상태였던 것이다.

물론 이 역시 정진이 쉘터에 설계해 둔 마법 시스템의 결과였다.

"이럴 수가……."

분명 몬스터들이 수차례나 목책을 내리치던 것을 보았던 이들은 저마다 탄성을 내뱉었다. 이 정도 방어력이라면 몬스터의 등장에도 전혀 긴장하지 않던 아케인 클랜원들의 모습이 이해가 갔다.

쉘터 밖에서는 이미 나가 있던 아케인 클랜의 헌터들이 트롤과 오거를 해체하고 있었다.

"와, 중급 마정석이다!"

"이놈도 마정석이 있네."

트롤을 해체를 하던 헌터 중 하나가 심장에서 뽑아낸 마정석을 들고 소리쳤다. 그 옆에서 해체를 하던 헌터도 또 다른 마정석을 들어 보였다.

그것을 관심 있게 지켜보던 사람들이 고개를 끄덕였다. 쉘터를 공격하던 트롤들의 크기는 모두 다 자란 성체의 커다란 놈들이었기에 중급 마정석이 나오는 것은 당연했다.

"상급이다."

그런데 그 소리가 채 들어가기도 전에, 이번에는 오거를 해체하던 곳에서 소리가 들려왔다.

그러자 조금 전 트롤을 해체할 때와는 다르게 주변이 조용해졌다.

"뭐? 방금 뭐라고 했어?"

감시탑에서 정진을 따라 쉘터 밖으로 나온 김지웅이 그 소리를 듣자마자 빠르게 현장으로 달려가 물었다.

해체를 하던 헌터가 그에게 잡힌 채 웃으며 대답했다.

"오거한테서 상급 마정석이 나왔습니다."

지웅은 헌터가 자신의 앞으로 들이미는 커다란 마정석을

보며 놀라 눈을 크게 떴다.

지금가지 오거를 많이 잡아 보았지만 단 한 번도 상급 마정석이 나오는 것은 본 적이 없었다.

그런데 지금 눈앞에 정말로 오거에게서 나온 커다란 마정석이 있었다. 중급 마정석 여러 개를 합쳐 놓은 크기였다.

정말로 상급 마정석인지는 확신할 수는 없지만, 트롤에게서 나온 중급 마정석에 비해 확연하게 큼직한 것이었다.

지켜보던 정진이 지웅의 곁으로 다가왔다.

"형님, 한 번 줘보세요."

"여기."

"음……."

지웅에게서 마정석을 넘겨받은 정진이 꼼꼼히 그것을 살펴보았다.

확실히 그냥 보기에도 중급 마정석보다 컸다.

"왜? 아니야?"

정진이 조금 고개를 갸웃하자, 지웅이 조심스럽게 물었다.

"아뇨, 상급 맞아요."

"그래? 상급 마정석이 맞다고?"

"예, 맞아요. 그냥 겨우 상급에 턱걸이 하는 수준이에요."

"야, 그게 어디냐?"

김지웅이 기가 막힌다는 듯 정진을 보며 말했다.

생각지도 않게 오거에게서 상급 마정석을 얻었는데 함유된 마나량이 적다고 아쉬워하고 있다니.

"뭐야? 정말로 상급 마정석이야?"

언제 다가왔는지 백장미가 정진의 옆에서 물었다.

"예, 저도 지금 놀라는 중이에요. 오거도 상급 마정석을 품고 있는 놈이 있나 보네요."

정진이 담담하게 대답했다. 조금 전의 아쉬운 듯한 표정도 온데간데없이 사라져 있었다.

"헤에, 그런 말은 들어보지 못했는데. 별일도 다 있구나, 정말."

백장미가 쓰러져 있는 오거를 한 번 뒤돌아보고, 다시 정진의 손에 들린 마정석을 바라보았다.

"허허, 축하합니다. 경사로군요."

백장미의 옆에서 마정석을 본 이종훈이 입맛을 다시며 중얼거렸다.

대형 몬스터도 아니고, 중형 몬스터에게서 상급 마정석이

나온 것은 그가 알기로도 이번이 최초였다.

그런데 하필이면 아케인 클랜의 쉘터 완공식에서 이런 일이 생기다니, 운이 좋아도 보통 좋은 게 아니었다.

엠페러 클랜도 헌팅에서 상급 마정석을 채취한 적이 꽤 있다.

하지만 그때마다 많은 헌터들이 죽거나 큰 부상을 입었다. 상급 마정석을 품고 있는 몬스터는 그만큼 강력했다.

이는 비단 엠페러 클랜만 아니라 백화 클랜이나 여느 중대형 클랜이라도 겪는 일이다.

그런데 방금 전 아케인 클랜은 전혀 피해를 입지 않고 상급 마정석을 얻었다. 순전히 운이긴 하지만 정말 대단한 일이었다.

마치 청소를 하려고 빗자루질을 했는데, 그곳에서 돈다발을 주운 격이었다.

조금 배가 아프기도 하지만, 국내 최고의 헌터 클랜의 수장으로서 배포가 커야 한다고 애써 생각하며 선배 헌터로서 정진과 아케인 클랜을 축복해 주었다.

그런 이종훈의 말에 정진이 미소를 지었다.

"감사합니다. 마침 상급 마정석이 필요했는데, 잘되었

군요."

"상급 마정석이 필요했다니, 어디에 쓰려고 하는 겁니까?"

이종훈이 고개를 갸웃거렸다.

상급 마정석은 쉽게 볼 수 있는 물건도 아닐뿐더러, 국가 전략물자로 묶인 것이라 정부 허락이 없으면 함부로 쓸 수도 없는 물건이다.

정진이 이해한다는 듯 고개를 끄덕였다.

"아케인 쉘터의 시스템 구축에 꼭 필요하기 때문입니다."

"시스템 구축이요?"

"예, 지하에 설치되어 있던 마법진이 바로 아케인 쉘터 전체를 아우르는 시스템입니다."

"그럼……."

"마법진 중앙에 들어가는 것이 바로 마법진의 중심 에너지로 사용됩니다. 그곳에 들어가는 마정석이 어느 것이냐에 따라 마법진의 크기나 들어가는 마정석의 숫자가 달라집니다."

"어떤 등급의 마정석이 들어가느냐에 따라 마법진의 효과가 달라진다는 겁니까?"

"네, 꼭 상급 마정석이 들어갈 필요는 없습니다. 다만 그

헌터 프론티어

렇게 된다면 마법진의 수명에 영향을 줍니다. 상급이 아니고 중급 마정석이 들어가게 된다면, 마법진의 기능이나 성능도 조금 떨어질 수 있습니다. 그것을 만회하기 위해 보다 많은 중급 마정석을 이용해 중심축을 세워야 하고, 그것을 보조할 마법진도 그려야 합니다. 그러다 보면 상당한 많은 수의 중급 마정석이 들어가게 되고, 마법진의 수명이 짧아집니다."

"그러면 쉘터의 수명과도 연관되겠군요."

"맞습니다. 마법진은 마정석의 마나로 유지되는 것인데, 마정석에 마나가 다 떨어지면 쉘터의 기능이 정지합니다. 그래서 마정석의 마나가 다 떨어지기 전에 주기적으로 교체를 해줘야 하는 것입니다."

정진의 말을 듣던 이종훈이 고개를 끄덕이며 말했다.

"즉, 쉘터 전체의 에너지가 마법진과 그 중심을 이루는 마정석으로 만들어진다는 거군요."

"그렇습니다. 자동차도 연료가 다 떨어지면 움직이지 못하는 것처럼, 아티팩트도 마정석의 마나가 떨어지면 기능을 멈추는 것이 당연한 것이지요. 이 쉘터는 하나의 커다란 아티팩트 같은 것입니다."

이종훈은 그가 가지고 있는 아티팩트들을 떠올렸다.

그중 몇 개는 더 이상 가지고 있던 기능을 발휘하지 못했다.

정진은 그것이 아티팩트의 에너지원인 마정석에 함유된 에너지가 모두 떨어졌기 때문이라는 것을 알려준 것이다.

"이렇게 상급 마정석을 얻었으니, 백화 클랜과 엠페러 클랜에서 의뢰하신 쉘터 건설이 보다 빨라지겠습니다."

이종훈과 백장미가 환한 얼굴로 고개를 끄덕였다.

두 클랜 모두 정진에게 쉘터 건설을 의뢰했지만, 쉘터 건설에 상급 마정석이 필요하다는 말은 지금 처음 들었다.

둘 모두 속으로는 아무래도 자신들이 의뢰한 쉘터가 완성되기까지 시간이 좀 걸리겠구나 생각하고 있었다. 아무리 아케인 클랜이라고 해도 상급 마정석은 쉽게 구할 수 없으리라 생각한 것이다.

그래서 차라리 직접 상급 마정석을 구해다 주는 게 나을까 고민까지 하고 있었는데, 뜻밖에 정진이 오늘 얻은 상급 마정석을 사용하겠다고 하니 희소식이었다.

그 마음을 안다는 듯 정진이 웃으며 말했다.

"어차피 건설해야 하는 것은 저희 아케인이니까요. 중요

한 재료가 손에 굴러들어왔는데, 시간을 허비할 필요는 없
겠지요."

두 사람이 얼른 고개를 끄덕였다.

정진의 뒤에 후광이 비추는 듯했다.

Chapter 7
인재가 필요해

아케인 클랜의 쉘터 완공 행사는 그렇게 성황리에 마무리되었다.

이날 시범을 보였던 쉘터의 방어력 시험은 행사에 참여한 다른 클랜의 사람들, 그리고 헌터 협회와 헌터 관리청에서 나온 사람들에 의해 크게 화제가 되었다.

특히 트롤 세 마리가 쉘터의 방어 시스템에 맞아 한 방에 죽었다는 것과, 쉘터를 공격하던 오거에게서 상급 마정석이 나왔다는 것은 사람들의 관심을 불러일으키기에 충분했다.

아케인 쉘터의 방어력에 대한 소문이 퍼지자, 쉘터 건설에 약간 의문 어린 시선을 갖고 있던 클랜과 기업들도 생각을 달리하게 되었다.

소문을 들은 사람들의 반응은 소속 조직에 따라 조금 갈렸다.

헌터 클랜에서는 직접적으로 헌팅과 연관된 상급 마정석을 얻었다는 사실에 관심을 보인 반면, 기업들은 쉘터의 방어 시스템에 흥미를 가졌다.

오늘날 대부분의 기업들은 산하에 헌터 클랜을 가지고 있거나, 혹은 헌터 클랜과 계약을 맺고 있었다.

아무리 헌터 산업이 돈이 많이 된다고 하더라도, 헌터 클랜을 운영한다는 것 자체가 막대한 자금이 들어간다.

헌터들이 사용하는 장비를 맞춰주는 것만 생각하더라도 이미 웬만한 기업에서는 엄두도 내기 힘든 비용이다. 거기에 게이트와 뉴 어스 내부를 오가며 드는 비용이나 헌터들에게 지급할 고용비까지 고려하면 몬스터를 잡아 그냥 판매하기만 하는 것으로는 만족할 만큼 수익을 얻기 힘들었다. 그럼에도 헌터를 고용하거나 클랜을 운용하는 것은 새로운 수익 창출 수단을 얻을 수 있는 기회가 있기 때문이다.

쉽게 생각해서 우연히 던전이라도 하나 발굴한다면 상상 이상의 이득을 얻을 수 있다.

뉴 어스의 식물이나 동물, 그리고 몬스터 등을 연구하다

보면 새로운 물질을 발견할 때도 있었다.

정부는 헌터 클랜을 만드는 기업에 한해 운영비의 40% 가량을 보조해 주고 있었다. 그렇지만 보조금을 받는다 해도 이윤의 폭이 너무도 적었다.

그래서 어떻게든 헌터 클랜에 들어가는 비용을 줄이려고 하던 각 기업들은 아케인 클랜의 쉘터 방어 시스템에 눈이 번쩍 뜨였다.

클랜을 운영함에 있어 가장 많은 비용이 주요 쉘터인 뉴 서울에서 몬스터가 서식하고 있는 사냥터까지 이동할 때 발생한다.

오가는 시간만 2일 정도 절약할 수 있다면 그것만으로도 비용의 1/3을 줄일 수 있고, 수익은 거의 두 배 이상 얻을 수 있었다. 이동 거리로 줄어든 만큼 사냥을 하는 시간을 늘릴 수 있기 때문이다.

일반적인 경우 헌팅 팀이나 클랜이 사냥을 떠나면 1회에 보름 정도의 시간을 예상하고 일정을 잡게 된다.

이 보름의 기간은 사냥터로 이동하는 시간, 몬스터를 잡는 시간, 그리고 다시 쉘터로 돌아오는 시간까지 고려한 일정이다.

그런데 때에 따라서는 보다 멀리 원정을 가야 하는 경우가 있다. 보통 기업들과 연계된 중형 이상의 헌터 클랜이 이에 속한다.

이런 중, 대형 클랜들은 모두 대몬스터 병기인 아머드 기어를 운용하고 있기에 일반 헌팅 파티가 사냥하는 소형 몬스터를 잡기보다는 확실하게 마정석이 나오는 중형 몬스터 이상을 사냥하는 것이 수지에 맞았다.

새로운 수익 창출 수단을 발견해야 하는 기업들의 경우도 마찬가지였다. 넓디넓은 뉴 어스의 아직 가보지 못한 장소들을 탐험해야만 하니 장거리 이동이 될 수밖에 없었다.

만약 사냥터 가까운 곳에 쉘터가 있다면, 이동에 허비되는 시간을 줄일 수 있었다. 뿐만 아니라 아머드 기어 운용 등으로 들어가는 비용도 절약할 수 있고, 혹시 위험에 처했을 때 보다 신속하게 지원을 받을 수 있는 등 여러 가지 장점이 있었다.

행동이 빠른 기업들은 아케인 쉘터에 대한 소식을 접하자마자 곧바로 아케인 클랜을 찾아 의뢰를 하였다.

정진과 아케인 클랜은 이런 기업들의 예약 접수를 받아주기는 했지만, 당장 공사에 들어갈 수는 없었다. 이미 백화 클랜과 엠페러 클랜이 주문한 쉘터를 건설하는 것만으로도 일감이 넘치는 상황이었던 것이다.

두 클랜은 대한민국 최고 헌터 클랜이라는 명성에 맞게 각각 세 개씩의 쉘터 건설을 의뢰하였다.

차이가 있다면 비교적 헌터의 숫자가 더 적은 백화 클랜이 다수의 아머드 기어를 운용할 수 있도록 설계를 약간 변경해 달라고 요청했을 뿐, 베이스는 동일했다.

어차피 쉘터의 설계에서 가장 중요한 것은 외부 설비가 아니라 지하에 있는 마법진이다.

정진은 백장미의 요구대로 백화 클랜의 쉘터 안에 아머드 기어 전용 주기장을 설계해 주었다. 아머드 기어를 보다 편하게 운용할 수 있도록 쉘터 출입구 주변에 위치시키는 것도 잊지 않았다.

엠페러 클랜의 경우 아머드 기어와 일반 헌터의 비율이 약 3:7 정도로, 헌터 수가 많은 편이었다.

정진은 엠페러 클랜의 쉘터에도 아머드 기어 주기장을 만들었지만, 주기장의 크기를 절반 정도로 줄이고 헌터들의 숙식 공간을 늘려서 설계해 주기로 했다.

두 클랜의 특성과 쉘터가 세워질 지형에 맞도록 맞춤형으로 꼼꼼히 쉘터를 설계해야 했기 때문에, 설계를 하는 과정만으로도 일주일 이상의 시간이 걸렸다.

그래도 아케인 클랜, 백화 클랜, 엠페러 클랜의 세 가지 쉘터 설계도가 타입별로 완성되자 그 뒤로는 꽤 편하게 설계할 수 있었다.

✝ ✝ ✝

뉴 서울에서 남서 방향으로 약 100㎞ 떨어진 평원.

땅! 땅! 땅! 땅!

우웅! 쿵!

많은 사람들이 작업을 하고 있었다.

다 같이 달려들어 땅을 고르고, 일부는 측량을 하여 땅에 무언가 그림을 그리는가 하면, 어떤 사람들은 표시가 된 곳의 땅을 파헤쳤고, 다른 이들은 그 자리에 커다란 목책을 세웠다.

주변에는 몬스터로부터 작업자를 보호하기 위해 다수의 아머드 기어와 완전무장을 한 헌터들이 경계를 하고 있었다.

"여기 목재 좀 더 가져다주십쇼!"

목책을 세우고 있던 작업반장이 한쪽에 대기하고 있던 사람을 향해 고함을 질렀다.

전자 기기가 작동하지 않는 뉴 어스에서는 무전기나 확성

기를 사용할 수가 없었다. 그러다 보니 사람이 있는 쪽에다 대고 큰 소리로 외치는 것이 최선이었다.

"예! 잠시만 기다리십쇼!"

작업반장에게 대답한 한 남자가 한쪽에 쌓여 있던 목재 쪽으로 향했다.

그런데 이상한 것은 그 남자가 아무런 장비도 갖고 있지 않다는 것이었다. 단지 한쪽 손에 가죽으로 만든 배낭 하나를 들고 있을 뿐이었다.

"목재 입고!"

남자가 배낭 입구를 손으로 벌린 채 소리쳤다.

그러자 배낭의 입구에서 푸른빛이 번쩍하더니, 앞에 쌓여 있던 통나무를 덮쳤다.

푸른빛이 다시 배낭 속으로 쏟아져 들어가고, 어느새 쌓여 있던 통나무 여섯 개가 어디로 갔는지 사라져 있었다.

지름이 50㎝나 되는 목재들은 뉴 어스의 거대한 나무들을 통째로 다듬은 것들이었다. 길이만도 15m나 되었고, 무게가 하나에 1톤에 달할 정도로 엄청난 크기의 통나무들이었다.

남자가 들고 있는 배낭은 바로 정진이 쉘터의 건설자재를 수송하기 위해 만든 마법 배낭이었다.

원래 아케인 클랜원들은 뉴 어스를 오갈 때 장비나 보급품들을 옮기기 위한 마법 배낭을 지급받았다.

그런데 기존의 마법 배낭으로는 통나무까지는 옮길 수가 없었다.

무게는 1톤까지 수용이 가능하기 때문에 한 개 정도는 넣을 수 있겠지만, 공간 자체가 통나무를 집어넣기에는 다소 좁았다.

그래서 정진은 마법 배낭을 개량해서 쉘터 건설 작업에 투입하기로 결정했다.

마법진을 이용해 배낭 속의 확장된 공간을 왜곡시켜 길쭉한 통나무도 들어갈 수 있도록 바꾸었다. 무게도 더 많이 담을 수 있도록 개량했다.

기존의 것이 적당한 크기의 물건을 많이 담는 것이라면, 개량된 마법 배낭은 무겁고 부피가 큰 건설자재를 옮기는 데도 편하도록 만든 것이다.

다만 공간을 왜곡시키니 너무 많은 수의 것들을 담기는 좀 힘들어졌다.

"목재 출고!"

배낭을 든 남자가 작업반장이 지시한 곳에 서서 배낭을 열고 외쳤다.

그러자 다시 푸른빛이 생기며, 배낭 속에 담겨 있던 통나무 여섯 개가 남자의 앞에 나타났다.

"명수야! 오늘은 목책을 완성해야 하니 목재를 충분히 가져다 놔라!"

"알겠습니다."

남자는 작업반장의 말이 떨어지기 무섭게 조금 전 통나무를 가져왔던 곳으로 다시 달려갔다.

명수는 많은 보수를 약속 받고 뉴 어스에 왔다. 하루라도 빨리 작업이 끝나면 더 이득이라는 생각에 힘든 것도 잊고 열심히 통나무를 날랐다.

그와 같이 이곳에서 작업을 하고 있는 사람들 대부분이 아케인 클랜과 계약을 하고 온 이들이었다.

그들 중 중장비를 사용하는 사람은 거의 없었다.

대신 경계를 서고 있는 아머드 기어들 외에 네 기의 아머드 기어가 더 있었다. 아머드 기어들은 옮겨진 통나무들이 있는 곳에서 파인 땅에 목책을 박는 작업을 하고 있었다.

하나의 쉘터 건설이 끝날 때마다 보수를 받는 식으로 계약을 했기에 건설 기간이 짧아지면 짧아질수록 이들에게는 이득이었다.

많은 보수에 비해 아무리 계산을 해도 손해를 볼 염려가 없는 짭짤한 의뢰이기도 했다.

중장비를 사용하지 못하는 뉴 어스란 점을 감안해 아케인 클랜에서 아머드 기어를 파견했기 때문이다.

아케인 클랜 입장에서도 공사 기간이 짧아지면 이득이긴 마찬가지였다.

지금 명수가 있는 엠페러 클랜의 쉘터 작업장 외에도 백화 클랜, 그리고 성대 그룹, 오성 그룹, 대성, TY 등 아케인에 의뢰한 곳은 넘쳐났다.

† † †

"완공까지 얼마나 걸립니까?"

한편 건설 현장에서 조금 떨어진 언덕 위, 공사 현장을 내려다보며 이종훈이 옆에 있던 정진에게 물었다.

"앞으로 열흘 정도면 완공이 될 것입니다. 목책을 세우고, 중앙 본관이 완성되면 그 지하에 쉘터의 방어 시스템으로 작동할 마법진을 그릴 것인데, 그게 아마도 일주일쯤 뒤일 겁니다. 마법진만 완성되면 임시로 사용하실 수 있습니다."

"완공까지 열흘이 걸린다면서 일주일은 뭡니까? 임시로

사용한다구요?"

"일주일 뒤면 쉘터로서의 기능 자체는 완성이 된다는 소립니다. 그 뒤의 3일은 여러 부대시설을 만드는 기간입니다. 헌터들이 이용할 상점이나 아머드 기어 주기장, 건물들의 내부 인테리어 작업이죠."

"그렇군요."

이종훈이 이해하고 고개를 끄덕였다.

"일주일 뒤부터 쉘터에 사람이 들어올 수 있다는 거군요."

"예, 그때는 숙소 건물이 아직 채 완성되기 전일 테니, 많은 인원이 들어오게 되면 조금 복잡할 수 있습니다. 그러니 쉘터를 지킬 인원 정도만 적당히 배분하여 입주하면 될 것입니다."

"알겠습니다. 제2쉘터는 언제쯤 완공이 되겠습니까?"

이종훈은 이곳 말고도 이곳으로부터 3일 정도 거리에 제2쉘터를 의뢰해 두었다.

"이곳과 동시에 공사가 들어갔으니, 아마 비슷한 시기에 완공이 될 것입니다. 마법진만 그리면 되는 일이니까요."

"그렇군요. 그럼 적당히 인원 분배만 하면 바로 사냥에 투입해도 되겠습니까?"

정진이 고개를 선선히 끄덕였다.

"뭐, 그러셔도 될 것 같습니다. 다만 사냥하시기 전에 헌터 협회나 관리청에 직원을 파견해 달라고 하는 것을 잊지 마십시오."

이종훈이 씩 웃었다.

"그거야 당연하죠. 괜히 그들이 오기 전에 사냥했다가 일이 복잡해지는 건 사양입니다. 이전에 정정진 클랜장이 말씀하신 대로, 굳이 사서 고생할 필요는 없으니까요."

몬스터의 부산물을 판매하고, 그로 인해 발생하는 세금을 내기 위해서는 헌터 협회와 관리청 직원을 통해야 한다.

쉘터가 생겼는데 게이트 너머까지 굳이 수확물들을 짊어지고 가서 소속 헌터들을 생고생시킬 필요가 없다.

일을 두 번씩 할 필요 없이, 쉘터에 파견된 협회와 관리청 직원을 통해 사냥 즉시 부산물 판매와 세금 납부를 하면 되는 것이다.

"하하, 좋군요!"

이종훈은 언덕 아래 보이는 쉘터 공사 현장을 보며 웃었다.

정진은 이종훈의 만족스러운 얼굴을 보며 머리를 굴렸다.

엠페러 클랜의 쉘터 건설이 상당히 순조롭게 진행이 되니 그도 마음이 편했다.

사실 영원의 숲 입구에 아케인 쉘터를 건설할 때는 공사 도중 수시로 나타나는 몬스터로 인해 상당히 귀찮았다.

그나마 가디언인 타라칸이 쉘터로 접근해 오는 몬스터들 대부분을 처리해 주었기에 다행이지, 그렇지 않았다면 피해는 없었을지라도 상당히 오랜 시간 동안 공사를 진행해야만 했을 것이다.

그런데 엠페러 클랜의 쉘터 건설은 그때보다 훨씬 수월했다.

엠페러 클랜이 선택한 쉘터 위치가 영원의 숲처럼 몬스터가 자주 출몰하는 위험한 지역도 아니었고, 앞으로 모종의 변수만 없다면 예정대로 일주일 뒤 임시로 사용할 수 있을 정도로 완성이 될 것이다.

정진은 일단 엠페러와 백화 클랜이 의뢰한 여섯 개의 쉘터 건설이 완료되면 인부들에게 열흘 정도 휴가를 줄 생각이었다.

아무리 아머드 기어를 지원해 준다 해도 하루도 쉬지 않고 몇 개월을 쉘터 공사에 매달린다면 인부들도 그렇고, 그들을 몬스터로부터 보호해야 하는 아케인 클랜 헌터들이 너무 힘들어진다.

특히 인부들의 경우, 언제나 몬스터와 목숨을 건 사투를 벌이는 헌터와 달리 평범한 일반인들이다.

몬스터가 우글거리는 뉴 어스에서 두 달이나 힘든 공사 현장에 투입되어 생활하는 것은 신체적으로나 정신적으로나 무리가 있을 수밖에 없었다.

아무리 헌터들의 보호를 받는다 해도 일반인이 견딜 수 있는 스트레스가 아니다. 당연히 휴식이 필요할 것이다.

그들을 지키는 아케인의 헌터들도 몬스터를 사냥하는 것이 아닌, 헌팅에 대해 아무것도 모르는 타인을 보호하는 몇 배나 어려운 임무로 상당히 피곤할 것이다.

한순간도 긴장을 놓칠 수는 없는 일이기에 그만큼 헌팅할 때의 배에 달하는 피로도가 쌓이는 것이다.

적당히 휴식을 취하게 해야 그 다음의 공사도 원활히 진행할 수 있으리라.

어려서부터 이것저것 안 해본 일이 없는 정진은 그 사실을 잘 알고 있었다.

✝   ✝   ✝

털썩!

"후, 힘드네……."

쉘터 공사 현장을 모두 시찰한 뒤, 게이트를 넘어 지구로 돌아온 정진은 의자에 털썩 주저앉으며 작게 중얼거렸다.

두 곳이나 되는 쉘터 공사 현장을 돌아보는 것은 7클래스가 되면서 초인에 가까운 체력을 가지게 된 정진도 지치게 만들었다.

비록 텔레포트 마법으로 이동한 것이기는 하지만 정진이 이동한 거리는 결코 짧은 거리가 아니다.

엠페러 클랜이 의뢰를 한 지역은 뉴 서울에서 남서쪽으로 100㎞, 제2쉘터는 그곳에서도 150㎞나 더 떨어진 곳에 있다.

장거리 텔레포트를 몇 번이나 사용했으니, 아무리 현장 상황을 살핀 것뿐이라지만 지칠 수밖에 없었다.

"아… 이럴 때 대신 현장을 책임져 줄 사람이 있으면 좋을 텐데. 그런 사람 어디 없나."

정진은 문득 몸이 열 개라도 부족한 자신의 일 중 대신 처리할 수 있는 것들만이라도 좀 맡아줄 사람이 있었으면 좋겠다는 생각이 들었다.

하지만 이내 고개를 설레설레 저었다.

현재 아케인 클랜에는 자신을 대신할 만한 인물이 아무도 없었다.

어찌 보면 당연한 일이었다. 그는 지구의 유일무이한 마법사였고, 아케인 클랜의 핵심 사업들은 모두 그의 마법 능력과 연관이 있었기에, 누군가가 그를 대신한다는 것은 있을 수 없는 일이었다.

지난 5년 동안 정진은 자신의 실력을 높이는 한편, 마법에 소질이 있는 인재를 찾아다니며 마법을 더욱 번성시키기 위해 노력하고 있었다.

그렇지만 마법은 지구에서는 그저 소설이나 판타지 영화 속에서나 상상으로 그려지던 것이고, 뉴 어스의 고대 제국 아케인에만 있는 학문이자 기술이다.

때문에 지구인들 가운데서 정진 자신처럼 마법에 소질이 있는 사람을 찾기란 하늘에 별 따기와 같았다.

고심하던 와중 우연찮게도 마법에 소질이 있는 사람을 바로 주변에서 찾아낼 수 있었다.

바로 그의 동생들인 정은과 정수였다.

게다가 공교롭게도 막내 정수에게 여자 친구가 있는데, 그녀까지 포함해 셋 모두가 마나에 무척이나 민감한 반응을 보였다.

더 기막힌 사실은 정수의 여자 친구가 바로 정진과 함께 아케인 클랜을 만든 이정진의 딸이었다는 것이다.

처음 알게 되었을 때는 기가 막혀 한동안 말도 못할 정도였는데, 정말 기막힌 우연이었다.

이정진은 딸의 남자 친구가 정진의 동생이라는 이야기를 들은 이후로 딸의 교제를 적극적으로 밀어주고 있었다.

물론 처음 남자 친구가 있다는 사실을 알고 얼마나 놀랐는지 모른다. 목숨과도 같은 딸, 수연에게 혹시 이상한 놈이 붙은 것은 아닌가 하는 의심마저 가졌다.

처음 수연에게서 남자 친구에 대해 듣고 자세히 물어보니, 이야기가 계속될수록 누군가를 떠오르게 했다.

혹시나 하는 생각에 수연을 설득해 정수를 만나 보고서야 알게 되었다. 정진과의 인연은 참 기묘한 데가 있다고 이정진은 생각했다.

정진은 자신으로부터 이 이야기를 전해 듣게 되었다. 그래서 그때는 수연이 정수와 함께 정진을 만나러 갔다.

수연은 남자 친구인 정수가 마법을 수련하는 모습을 보고, 호기심에 따라해 보면서 재능을 발견한 케이스였다.

동생들을 가르치던 정진은 이정진에게 허락을 받고 본격적으로 수연에게도 마법을 가르치기 시작했다.

이정진이 수연과 정수의 교제에 대해 적극 찬성하는 것은 바로 그래서였다.

정진에게서 자신의 딸이 마법에 재능이 있다는 말을 듣고 반색한 것이다.

그동안 정진이 보여준 능력만 봐도 마법이란 것이 얼마나 대단한 것인지 알 수 있다. 그 효용성을 생각하면 정진의 바짓가랑이를 붙잡고 제발 딸을 가르쳐 달라고 매달려야 할 지경이다.

그런 지가 벌써 3년이 되었다.

동생들은 팀 아케인이 어느 정도 자리를 잡기 시작할 때부터 기초를 가르치기 시작했기에 벌써 4클래스로 접어드는 경지에 이르렀고, 더 늦게 시작한 이정진의 딸 수연은 2클래스 마스터를 앞두고 있는 상태다.

배운 시기가 빠르기도 했지만 동생들은 마나 집접진에서 수련을 했기에 늦게 시작한 수연보다 마나에 익숙했다. 또 정진에게서 직접적으로 마나 샤워를 받기도 했다.

수연에게도 마나 샤워를 해주기는 했지만, 아직 마나를 다루는 것이 서툴러 경지를 이루는 시간이 더뎠다.

한숨을 내쉰 정진이 한 손으로 다른 쪽 어깨를 두들겼다.

"정은이나 정수 중 하나가 5클래스만 되었어도 내가 이렇게 고생을 하지 않아도 될 텐데⋯⋯."

5클래스는 정진이 막 뉴 어스에서 돌아왔을 때 정도의 실력이다.

그 정도만 되었다면 쉘터에 작업하고 있는 마법진의 원리도 보고서 어느 정도 이해할 수 있을 것이고, 간단한 마법진은 직접 그릴 수도 있었다.

자신이 현재 맡고 있는 일 중 몇 가지는 떠넘길 수 있을 것인데, 아직 4클래스 유저에 불과하니 앞으로도 얼마간은 자신이 계속해서 고생을 해야만 했다.

정진은 아쉬움에 입맛을 다셨다.

"앗, 클랜장님. 언제 돌아오셨어요?"

의자에 앉아 쉬고 있자, 사무실로 들어서던 영은이 정진을 발견하고 물었다.

이진한의 부인인 권영은은 정한의 추천으로 아케인 클랜에 직원으로 입사하게 되었다.

권영은이 아케인 클랜에 입사를 할 때만 해도 아직 아케인 클랜이 체계를 잡은 때가 아니었다. 알음알음 인맥을 통해 믿을 수 있는 사람만을 받을 때였다. 소속 헌터는 물론이고 사무직 직원 또한 그랬다.

권영은은 결혼 전에 다니고 있던 일반 회사에서 경리 업무를 한 경험이 있었다.

팀에서 클랜으로 커가는 과정에서 헌터들을 지원해 줄 전
문적인 사무직 직원들이 필요하였고, 정진을 비롯한 간부들
의 일이나 사내 금전출납을 맡아서 처리할 사람도 있어야겠
다 싶어 뽑은 것이었다.

영은은 남편인 이진한이 회복하고, 다시 일자리까지 얻을
수 있도록 도와준 정한과 정진에게 고마움을 느끼고 있던
터라 제안을 받자마자 곧바로 하던 일을 그만두고 아케인
클랜에 들어왔다.

남편과 같은 직장에 다닌다는 것이 마음에 들기도 했다.

이제는 경력이 쌓이고, 직급도 오르면서 비록 비서 행정
에 대해서 잘 알진 못하지만 정진의 비서 역할도 함께 하고
있었다.

"조금 전에 들어왔습니다. 그래, 무슨 일이시죠?"

"여기 이번 달 집행된 예산 보고서와 집행되어야 할 것들
입니다."

"그래요?"

정진은 권영은이 넘겨주는 서류를 받아들고 확인해 보았
다.

서류는 상당히 두꺼운 데다 내용도 복잡하기 그지없었지
만, 마도사인 그에게 이런 서류의 내용을 검토하는 것은 일

도 아니다.

금방 서류를 다 읽고 덮은 정진은 눈을 감고 머릿속으로 예산 집행 내역을 그가 알고 있는 사실과 비교해 보았다.

이달에만 100억 단위의 돈이 쉽게도 들어왔다 나갔다 하고 있었다.

현재 아케인의 이름으로 벌이는 사업만 해도 한두 가지가 아니다 보니 수입과 지출이 클 수밖에 없었다.

사실 조금만 더 욕심을 부렸다면 100억 단위가 아니라 1,000억 단위가 왔다 갔다 했을 수도 있다.

매직 웨폰이나 포션 판매 사업만 생각해도 충분히 가능한 일이었다.

현재 헌터 협회에 위탁판매하고 있는 포션을 정진이 직접 가격을 책정하고 아케인에서만 판매했다면, 현재 헌터 협회가 취하고 있는 수익의 대부분을 고스란히 챙길 수도 있었을 것이다.

하지만 처음부터 스스로가 다짐한 부분이다.

정진은 특히 포션 판매에 대해서는 함부로 욕심을 부려 이득을 취하려는 생각이 조금도 없었다. 앞으로도 그랬다.

포션에 대해서는 개인이 이득을 취할 물건이 아니라고 이미 결정을 내렸다.

다른 것도 아니고 사람들의 생명을 구할 수 있는 물건이었다. 지금 거두고 있는 정도면 충분하다. 더욱이 자신이나 주변 사람들이 소속되어 있는 헌터 협회나 국가에 힘을 실어줄 수 있다면 개인의 욕심을 조금 포기하는 것은 당연한 일이었다.

만약 정진이 욕심을 부리고 매직 웨폰이나 포션을 유용하려 했다면 아케인 클랜이 지금처럼 순조롭게 성장을 하진 못했을 것이 분명하다.

정부, 기업, 헌터 협회. 지금은 그에게 협력하고 있는 사람들이 어떻게든 정진과 아케인 클랜에게서 매직 웨폰과 포션에 대한 비밀을 알아내 빼앗으려고 협잡질을 했을 것이다.

정진은 포션으로 취할 수 있는 이익을 일부 넘김으로써 강력한 힘을 가진 헌터 협회와 정부를 끌어들여 자신과 아케인 클랜을 보호했다.

헌터 협회와 정부를 통해 승냥이와 같은 기업들이나, 경쟁자가 크는 것을 두고 보지 않을 헌터 클랜들의 견제를 벗어났다.

그리고 시간을 벌었다.

정부와 헌터 협회의 보호 속에서 성장할 여유가 생긴 아케인 클랜과 정진은 부단히 노력하여 지금의 위치를 차지하였다.

한마디로 시간을 벌기 위해 정부와 헌터 협회를 이용한 것이나 다름없었다. 전기수는 정진의 그런 생각을 간과한 채 그를 무시했고, 그 대가를 치렀다. 전기수를 끌어내린 사건은 칼자루를 쥐고 있는 사람이 누구인지 확실하게 드러난 사건이었다.

현대 사회는 돈이 있는 자가 최고다.

사회를 움직이는 힘에는 세 가지가 있다. 바로 무력, 권력, 그리고 금력이다.

그중 무력은 오래전 문명이 발달하지 않은 야만적인 상태였을 때 가장 강력한 힘이었다.

하지만 인간이 집단을 이루고 사회가 커지면서, 개인의 무력보단 집단의 힘, 즉 권력이 개인의 무력을 밟고 올라서게 되었다.

집단의 힘이 강하면 강할수록 그 우두머리의 권력은 강력해졌다.

개인적인 무력이 없더라도 그 우두머리는 자신이 가진 권한으로 무력이 강한 자들을 찍어 누를 수 있었다.

그렇지만 권세의 힘 또한 사회 구성원들의 지식이 발달하면서 변모하기 시작했다.

권력 못지않게 커진 힘이 나타난 것이다.

바로 금력이다.

자본주의 아래 돈의 힘이 권력까지 좌지우지할 수 있을 정도로 커진 것이다.

경매와 포션 판매로 벌어들인 많은 예산을 집행하던 전기수 회장은 자신이 권력과 금력 모두를 가졌다고 착각했다.

다른 사람도 아닌 정진과 힘 대결을 하려던 것, 즉 그가 가진 금력의 근원과 정면충돌하려 한 것이 그의 실수였다.

결국 그의 말로는 협회장 자리에서 쫓겨나 감옥에 가는 것이었다.

그가 가진 권력과 금력에 가려져 보이지 않던 용납할 수 없는 잘못들이, 힘의 저울추가 옮겨감으로 인해 세상에 드러나게 된 것이다.

그 사건으로 인해 정진이 가진 것들을 노리던 많은 사람들은 깨달았다.

욕심도 적당히 부려야 한다는 것을 말이다.

그중 하나가 바로 나이트 클랜의 박유천이었다. 전기수 회장과 손을 잡고 정진의 쉘터 건설을 방해하려고 마음먹었는데, 계획을 채 실행하기도 전에 전기수 회장이 완전히 몰락한 것이다.

뒷배를 맡아주기로 한 전기수를 믿고 일을 진행하려던 박유천은 급히 꼬리를 말고 조용히 몸을 사리는 중이었다.

자만하여 남의 힘을 자신의 힘인 것처럼 착각하다 끝을 맞은 전기수를 반면교사 삼아 분수를 알아야 한다고 깨달은 사람들이 꽤 있었다. 정진도 그중 한 사람이다.

예산 보고서를 읽다 말고 전기수에 대해 생각하던 정진에게 권영은이 조심스럽게 말을 걸었다.

"저, 그런데……."

정진은 눈을 뜨고 영은을 바라보았다.

"무슨 할 말이라도 있습니까?"

"예. 그게……."

"편히 말씀하세요."

정진은 조금 어려운 표정의 영은을 보며 고개를 갸웃거렸다.

망설이던 영은이 눈을 질끈 감고 지르듯 말했다.

"아무래도 일을 그만두어야 할 것 같습니다."

"네? 그게 무슨 소립니까? 혹시 일이 힘들어서 그럽니까?"

정진이 놀라서 눈을 동그랗게 뜨며 물었다.

영은이 가만히 고개를 흔들었다.

"아니요."

"이진한 부장이 그만두라고 했습니까?"

정진은 혹시나 남편의 의견인가 싶어 물었다.

"그것도 아닙니다."

"그럼 이유가 무엇입니까?"

클랜이 한창 커가고 있는 중인데 능력 있는 영은이 갑자기 일을 그만두겠다고 하니 답답함을 감출 수 없었다.

"그게… 그동안 부모님이 아이를 봐주고 계셨는데, 연세가 있으셔서 더 이상 아이를 봐주실 수 없어서……."

영은은 말을 하다 말고 말끝을 흐렸다.

사실 지금 다니고 있는 직장을 그만두고 싶은 마음은 없었다. 보수도, 대우도 좋고, 업무 환경도 정진의 배려 덕에 아주 편했다.

하지만 이제 겨우 네 살인 아이를 다른 사람의 손에 맡긴다는 것이 영은은 내심 불안했다.

남편인 이진한은 고수익 직종 중 하나인 헌터로 일하고 있고, 상당한 직위까지 있다. 자신 또한 사무직으로 일하고 있지만 섭섭지 않은 보수를 받고 있었다.

시부모님이 아이를 더 이상 봐주기 힘들다고 하신 이후,

많은 돈을 주고 베이비시터를 고용했다. 자신과 남편이 출근한 이후 집에서 종일 딸과 함께 있는 것은 다른 사람이다. 딸과 잘 지내줬으면 하는 마음에 보수도 다른 집보다 훨씬 많이 지급하고, 최대한 편의도 생각해 주었다.

그런데 불행히도 뉴스에 등장하는 일부 잘못된 유치원 등에서 발생하는 그런 사건이 그만 자신의 딸에게도 일어나고 말았다.

어린 딸이 보모에게는 잘 안기지 않고, 출근할 때면 가지 말라고 자지러지게 울 때부터 눈치를 챘어야 하는 것인데. 너무 늦게야 발견한 자신에게 화가 나 피가 거꾸로 솟는 듯했다.

다행히 늦게나마 시부모님이 보모가 딸을 학대하는 모습을 발견했기에 망정이지, 모른 채로 계속 두었다면 어떤 일이 벌어졌을지 모를 일이었다.

급히 신고도 했지만, 한 번 그런 사고가 있고 나니 더 이상 다른 사람에게 딸을 믿고 맡길 수가 없었다.

시부모 또한 다른 사람에게 맡기기보단 며느리인 자신이 돌보는 것이 어떻겠냐고 말해왔다. 때문에 영은은 어쩔 수 없이 직장을 그만두기로 하였다.

어두운 얼굴로 그동안의 사정을 말하는 영은의 이야기가

끝나자, 정진이 선뜻 제안했다.

"그러지 말고, 이렇게 하는 것이 어떻습니까?"

"네?"

"클랜에서 아이들을 돌볼 수 있는 보육원을 만들겠습니다. 출근하실 때 아이와 함께 출근을 하시고, 퇴근을 할 때 아이와 함께 퇴근을 하는 것입니다. 수시로 아이가 어떻게 지내고 있는지도 확인할 수 있도록 하겠습니다."

"그러면 저야 좋겠지만……."

너무도 반가운 제안이었지만, 선뜻 찬성하기가 너무도 눈치가 보였다.

말이야 쉽지, 한두 푼이 들어가지도 않을 테고 수익을 낼 수도 없는 사업이다. 거기에 지속적으로 운영을 하려면 지금도 바쁜 정진이 계속 신경을 써야 할 것이다. 아케인 클랜의 예산집행이 어떻게 되고 있는지 속속들이 알고 있는 영은은 그런 점을 누구보다 잘 아는 만큼, 더욱 선뜻 그렇게 해달라고 하는 것이 미안했다.

"영은 씨만 좋다면 직접 한 번 계획을 세워보세요. 예산은 걱정하지 마시고, 직접 기획안을 작성하시고, 예산이 얼마가 들어갈지, 아이들을 담당할 교사는 어떻게 몇 명이나 고용할 것인지 모든 것을 잡아보세요."

영은이 선뜻 대답하지 못하자, 정진이 아예 나서서 말했다.

사실 2000년 게이트 사태 이후, 몬스터로 인한 결손가정의 수가 급격하게 늘어났다.

당장 입에 풀칠하기도 힘든 시대에 복지라는 단어는 이미 잊힌 단어다.

양친이 모두 있다 해도 국토가 몬스터에 점령되고 나서는 대다수의 산업 구조마저 망가져, 사정이 급격하게 안 좋아진 집도 많았다. 먹고살기 힘들어 정부에서도 손을 대지 못하고, 어느 정도 경제가 회복된 지금도 홀로 방치되고 있는 아이들은 분명 있었다.

자신이 바로 그런 가정에서 자라지 않았는가.

정진은 이번 기회에 아케인 클랜에서 직원 복지 차원의 작은 도움을 주기로 하였다.

더욱이 권영은 같은 인재를 놓치기도 싫었다.

앞으로 더 많은 인재를 모아야 할 때인데, 모처럼 능력 있고 믿을 수 있는 권영은을 놓칠 수야 없지 않은가.

클랜 내에 아이들을 수용하고 가르칠 수 있는 보육원을 만든다면 클랜원이나 직원들도 무척이나 기뻐할 것이 분명했다.

그리고 아케인 클랜에 대한 호감과 믿음도 증가할 것이고, 클랜의 발전을 위해 더욱 노력을 할 테니 손해가 아니었다. 그는 10년, 20년 후의 먼 미래를 보고 있기 때문이다.

한편, 설마 정진이 이런 제안을 할 줄은 생각도 못했던 권영은은 제대로 대답하지 못하고 얼떨떨했다.

어느 정도 아케인 클랜에서 능력을 인정받고 있었다고 해도 이렇게까지 자신을 붙잡을 줄은 생각지 못한 것이다.

"감사합니다. 열심히 해보겠습니다."

정진의 말에 감동한 권영은은 그저 열심히 하겠다는 말을 할 수밖에 없었다.

"그럼 나가보겠습니다. 기획안은 준비되는 대로 보고하겠습니다."

"그러세요."

권영은이 확 펴진 얼굴로 문을 닫고 나갔다.

톡. 톡.

홀로 클랜장실에 남은 정진은 책상을 손가락으로 두드리며 골똘히 무언가를 생각하기 시작했다.

"흠… 일단 지르기는 했는데, 그냥 보육원만 운영한다는 건 뭔가 미진한 것 같고… 어떻게 한다?"

그 정도는 다른 클랜이나 기업에서도 할 수 있는 일이 아닌가. 평범한 복지사업이 아니라, 무언가 더 할 수 있는 것이 없을까?

자신은 마도사, 한 가지 일을 하더라도 생각할 수 있는 모든 경우의 수를 따져 최소한의 노력으로 최대한의 효과를 얻는 사람이다.

한참을 고민하던 정진이 돌연 무릎을 탁, 치며 눈을 반짝였다.

"그래! 그거야!"

아이들은 다른 말로 새싹, 즉 가능성이라고도 할 수 있었다.

또한 아이들은 모두 때 묻지 않은 순수함을 갖고 있다.

분별력이 없다는 것이 아니라, 편견이 없다는 소리다.

어른이 무엇을 어떻게 가르치느냐에 따라 아이들은 다양한 모습을 보여준다.

정진이 씩 웃었다.

'예비 학교를 만든다.'

그는 아이들을 인위적으로 마나에 노출시킬 생각을 했다.

보육원 건물에 마나 집접진을 설치해 다른 곳보다 마나의 농도를 짙게 만들면, 마나에 민감하게 반응하는 아이들이 분명 있을 것이다.

마나에 민감하다는 말은 마법에 재능이 있다는 말과 같다.

정진은 이렇게 마나에 민감하게 반응하는 아이들을 유심히 관찰하고, 기회가 된다면 마법을 가르치면 어떨까 생각한 것이다.

마나는 순수한 자연의 기운이기에 평범한 아이들도 마나에 노출이 된다고 해서 전혀 나쁠 것이 없다.

마나는 넓게 보면 생명 에너지와도 같았다. 인위적으로 많은 마나에 노출되면 허약한 사람도 튼튼해질 정도였다.

그러니 마나 집접진이 있는 보육원이라면 오히려 아이들이 더욱 건강하게 자랄 테니, 마나에 반응하지 않더라도 나쁠 것이 없다.

마법에 재능이 있는 아이를 발견했다고 해서 막무가내로 마법을 가르칠 생각도 없었다.

어떤 시설인지도 사전에 설명하고, 마나에 반응하는 아이가 있다면 부모에게 재능이 있음을 알린 뒤, 부모와 아이 스스로가 원할 때만 마법을 가르칠 것이다.

둘 중 어느 쪽이라도 원하지 않으면 강요할 생각은 조금도 없었다.

정진은 이런 생각을 하자마자 궁리를 하기 시작했다.

자세한 부분은 기획안을 가져올 권영은과도 다시 이야기해 보아야겠지만, 이미 정진의 머릿속에는 보육원을 만들 계획과, 몇 명의 아이들을 어떤 식으로 받을 것인지, 그리고 어떤 식으로 마법진을 설치할 것인지까지 떠오르고 있었다.

Chapter 8

아카데미를 찾아서

잠실 노태 그룹 본사 회의실.

회의실 안의 분위기는 무척이나 무거웠다.

그 이유는 바로 노태규 회장의 표정이 너무도 좋지 않았기 때문이다.

"어떻게 할 거야!"

지지부진하던 흰머리산 쉘터 프로젝트가 이제야 겨우 성공하려나 했는데, 그보다 먼저 아케인 클랜에서 쉘터를 완성하더니 다른 기업이나 헌터 클랜들에 쉘터 건설 의뢰를 받고 있는 것이 아닌가.

대한민국 최초 민간 쉘터라는 타이틀을 얻고, 노태 그

룹의 위상을 드높일 수 있는 기발한 프로젝트. 보급 문제가 해결된 이후로는 무조건 성공하리라고만 생각하고 있었다.

그런데 설마 하니 자신들이 그 영광을 엉뚱한, 어느 날 갑자기 쉘터를 뚝딱 만들어 가지고 나온 듯한 아케인 클랜에 뺏기다니 어처구니가 없었다.

만약 노태 그룹에서 원래 프로젝트 계획대로 순조롭게 진행했다면, 노태 그룹은 약간 불안한 한국 5위 그룹이라는 지금의 위치가 아닌, 정상에 있는 오성, 성대 그룹과 어깨를 나란히 하는 굴지의 기업이 될 수 있었을지도 모른다.

아직 완성도 되지 않은 쉘터를 짓느라 돈은 돈대로 쓰고, 명성이야 약간 얻기는 했지만 기대한 효과에는 한참 못 미쳤다.

노태규는 아쉬움에 영 입맛이 썼다.

"조만간 흰머리산의 쉘터도 완성이 될 것입니다. 비록 아케인 클랜의 쉘터보단 한발 늦었지만, 규모 면에서 아케인 쉘터는 저희가 건설하고 있는 쉘터와는 비교도 되지 않습니다."

흰머리산 쉘터를 책임지고 있는 노인수가 얼른 변명을

했다.

노인수의 말도 사실이었다.

아케인 쉘터는 200~300명을 수용할 수 있는 작은 규모였지만, 흰머리산에 건설하고 있는 쉘터는 그 열 배가 넘는 5천 명을 수용할 수 있는 크기다.

이는 기존의 쉘터인 뉴 서울과 뉴 대전에 견줄 수 있는 엄청난 규모였다.

"하긴, 그놈들이 만드는 것이 무슨 쉘터겠어."

노태규가 어느 정도 화가 누그러진 듯 고개를 끄덕였다.

"회장님, 그게 그렇지가 않습니다."

"그렇지 않다니? 그건 또 무슨 소리야?"

"흰머리산의 쉘터가 지금까지 공사가 늦어진 것이 무엇 때문입니까?"

노인규가 재빨리 경쟁 관계에 있는 동생 노인수를 깎아내리려고 태클을 걸었다.

사실 조금만 생각하면 누구나 아는 사실이 있었다.

하지만 지금 회의장에 있는 사람들 중 누구 하나 말을 하지 않고 있는 것을 노인규가 끄집어냈다.

"금지인 영원의 숲에 있기 때문이 아닙니까?"

"음……."

노태규가 자신도 모르게 작게 신음을 흘렸다.

그렇다. 흰머리산 쉘터 프로젝트에는 쉘터를 짓는다는 사실 자체에 들떠 아무도 미처 생각하지 못한 맹점이 하나 있었다.

바로 흰머리산으로 가기 위해서는 금지로 알려진 영원의 숲을 통과해야 한다는 것이었다.

일반 헌터가 영원의 숲을 통과해 가기란 불가능한 일이었다.

실제로 쉘터를 짓는 동안에도 대규모 호위대를 동원한 보급대가 여러 번 궤멸하지 않았는가.

아마도 대한민국 헌터들의 수준이 지금보다 더 올라간 뒤에나 흰머리산 쉘터까지 올 수 있을 것이다. 당분간은 정상적으로 운용이 되지는 않을 게 분명했다.

애써 외면하고 있던 진실을 노인규가 짚고 넘어가자, 비수가 되어 노태규의 심장을 찔렀다.

노인규가 재빨리 덧붙였다.

"하지만 지금은 그때와 사정이 다릅니다."

"사정이 다르다니?"

"이미 영원의 숲 안에 헌터들이 다닐 수 있는 안전한 길이 있습니다."

"그래?"

노태규가 이채를 띠었다.

그러자 노인수가 조심스런 표정으로 대답했다.

"아케인 클랜이 영원의 숲에 안전한 보급로를 개척했습니다."

"또 아케인 클랜이냐?"

노태규는 계속해서 아케인 클랜의 이름이 언급되자 심기가 불편해졌다.

대답을 하려던 노인수가 얼른 입을 다물었다. 괜히 한마디 더 했다가 불똥이 튈 수도 있었다.

"보급로가 발견되자, 흰머리산 쉘터 공사를 위한 보급 전체를 다른 기업들이 원가 절감을 이유로 아케인 클랜에 넘겼습니다."

이미 기세를 탄 노인규가 속으로 회심의 미소를 지으며 설명했다.

"차라리 전기수 전 헌터 협회 회장이 손을 내밀었을 때 잡았으면 이 지경에 이르진 않았을 겁니다."

한 달 전 전기수로부터 아케인 클랜의 정정진 클랜장을 손봐주는 제안이 있었다.

하지만 굳이 그와 손을 잡는다고 뚜렷한 이득도 없었고,

자칫 잘못하다가는 수렁으로 끌려갈 수가 있다는 판단에 거절하였다.

더욱이 그동안 전기수는 아케인 클랜과 손을 잡고 있었기에, 제안 자체를 믿을 수 없었다.

굳이 모험을 할 필요 없다는 전략기획실의 판단에, 당시 전기수와의 자리에 노인수와 함께 있던 노태규도 생각을 접었다.

그런데 사실 전략기획실이 그런 판단을 하는 데는 사실 차남인 노인수의 입김이 작용했다.

노인수는 현재 흰머리산 쉘터 프로젝트의 성공으로 노태 그룹의 후계자가 자신으로 확정되리라는 믿음이 더 굳건해지고 있는 상태에서 굳이 전기수 회장과 함께 모험을 할 필요가 없다고 판단했다.

전기수의 제안을 거절한 뒤, 노인수는 오히려 전기수와 정진이 싸우는 동안 어부지리를 노리는 쪽으로 생각하고 있었다.

그런데 팽팽할 것으로 전망한 전기수와 정진의 싸움이 너무도 어이없게 정진의 일방적인 승리로 끝났다.

심지어 전기수는 공금횡령, 뇌물 수수, 직권남용 등 갖가지 죄목으로 구속까지 되면서 완전히 끝나 버렸다.

노태 그룹의 입장에선 전기수 회장의 손을 잡지 않은 것이 천만다행이었다. 만약 그 당시 전기수 회장의 제안을 수락해 손을 잡았다면 덩달아 검찰에 조사를 받았을지도 모를 일이다.

그리고 당시 노태규는 미리 전기수의 제안을 거절하자는 판단을 내린 노인수를 칭찬했다.

노인규는 그런 노인수의 판단을 비판하고 있었다.

"그렇지 않습니다. 회장님께서도 칭찬하신 일인데, 그럼 회장님의 판단이 틀렸다는 것입니까? 전기수 협회장은 비리 혐의가 입증되면서 교도소에 수감이 되지 않았습니까?"

노인수는 노인규가 무엇 때문에 그때 일을 언급하는지 잘 알고 있었다. 그는 서둘러 그의 말을 막기 위해 반박하기 시작했다.

그리고 혹시나 아버지가 형의 편을 들어줄 수도 있다는 판단에 당시 상황까지 언급했다.

한편 노태규는 장남 노인규의 편을 들려다 말고, 노인수의 반박을 듣고선 인상을 구겼다.

여기서 큰아들의 편을 들게 되면 자신은 불과 한 달 전에 직접 내린 결정도 기억하지 못 하는 무능력한 경영자라고 생각될지도 모른다.

"그럼 이대로 두고 보자는 말이냐?"

노태규는 이러지도 저러지도 못하는 지금이 답답해 소리쳤다.

그러자 노인수가 재빨리 말했다.

"비록 지금은 아케인 클랜이 잘되고 있지만, 헌터들이 점점 실력이 좋아지면 영원의 숲으로 진출하게 될 겁니다. 헌터들은 결국 돈을 벌기 위해 위험도 무릅쓰는 부나방과 같은 존재 아닙니까. 영원의 숲에 살고 있는 몬스터가 다른 곳에 서식하고 있는 몬스터에 비해 위험하기는 하지만, 돈에 눈이 먼 것들이 눈앞에 굴러다니는 사냥감을 마다하겠습니까?"

"흠… 그래, 그도 그렇지."

"영원의 숲에 서식하는 몬스터들은 대부분 마정석을 품고 있지 않습니까. 당연히 가능만 하다면 곧바로 사냥하러 몰려올 것입니다."

"마정석? 그게 정말이냐?"

노태규가 그의 말에 놀라 물었다. 노인수가 재빨리 고개를 끄덕였다.

"예, 오래전부터 헌터들 사이에 알려진 정보입니다."

"오래전부터 알려져 있다면 왜 아직까지 들어가지 않고 있는 거냐?"

노태규는 의문스러운 표정으로 물었다.

그 또한 헌터의 습성을 잘 알고 있다.

헌터들은 돈이 되는 일이라면 물불을 가리지 않고 뛰어든다.

그 때문에 자신의 목숨이 경각에 달릴 수 있다고 해도 마찬가지였다. 그만큼 반대급부가 크다면 위험을 잊고 몬스터의 소굴에 뛰어드는 것이 헌터들이다.

흰머리산 던전도 바로 그런 과정에서 발견되지 않았는가.

"헌터가 아무리 돈을 좋아해도 목숨이 아깝지 않은 것은 아닙니다. 영원의 숲이 아직까지 금지인 것은 그만큼 그 안이 너무도 위험하기 때문입니다."

일부러 노태규의 심사를 꼬아놓는 형에게 화가 났지만, 노인수는 혹시나 흥분해서 빈틈을 보이지 않도록 냉정하려고 노력했다.

하지만 이야기를 듣고 있는 노태규의 현재 심리를 고려하지 못한 것이 실수였다. 냉정한 그의 표정이 오히려 문제가 된 것이다.

"그럼 네 말은 흰머리산의 쉘터가 정상화되기까지 한참이나 남았다는 소리 아니냐!"

"헉!"

노태규가 버럭 소리치자, 설마 아버지가 이렇게 화를 낼지 예상하지 못한 노인수는 당황했다.

"그럼 애초에 흰머리산 쉘터 건설은 시기상조였던 거 아냐!"

욕심에 눈이 어두워 영원의 숲이라는 늪을 무시한 것이 지금에 와서 노인수의 앞길을 막고 있었다.

그런데 심지어 아케인 클랜이 앗, 하는 사이에 쉘터를 완성해 버린 것이다.

노인수가 억울하다는 듯 외쳤다.

"하지만 당시 회장님께서도 프로젝트에 찬성을 하시지 않으셨습니까? 그리고 처음 쉘터를 제안한 것은 제가 아니라 인태였습니다."

확실히 그랬다.

처음 그 프로젝트를 기안한 것은 삼남인 노인태였다.

그러나 계획이 꽤 그럴듯한데다 노태규가 관심을 보이자, 노인수가 지금까지의 입지를 굳히기 위해 앞뒤 재보지 않고 프로젝트를 밀어붙인 것이다. 또 그 프로젝트를 자신이 직접 하려고 가로채기까지 했다.

하지만 혼자 당하는 것은 너무도 억울한 생각이 들었다.

그 생각은 노태 그룹 사람들 전부의 의견이나 마찬가지였다. 누구 하나 프로젝트의 불안성을 지적하지 않았던 것이다. 그것은 회장인 노태규도 마찬가지였다.

"크흠……."

그러자 노태규도 더 이상 노인수를 문책하지 못하고 표정만 찌푸렸다. 회의실 분위기는 더욱 어두워졌다.

✝ ✝ ✝

크릉!

정진은 자신을 보며 작게 그르렁거리는 타라칸의 머리를 살짝 쓰다듬어 주고는 둥지 안으로 들어갔다.

마스터인 정진이 타라칸의 둥지를 찾아온 것은 상당히 오랜만이다.

기분이 좋아진 타라칸은 몸집을 작게 만든 뒤 재빨리 정진의 뒤를 따라갔다.

둥지 안으로 들어간 정진은 바로 마나 집접진이 설치되어 있는 쪽으로 향했다.

덜컹!

정진이 마나 집접진이 설치되어 있는 방의 문을 열자, 집접진 가운데 가부좌를 틀고 앉아 있는 세 명의 사람이 보였다.

정진의 두 동생인 정은과 정수, 그리고 이정진의 맏딸인 이수연이었다.

정진은 동생들과 이수연이 마나 심법을 하는 것을 지켜보며 끝나기를 기다렸다.

그렇게 얼마를 기다렸을까.

"어? 오빠!"

가장 먼저 깨어나 정진을 본 사람은 정은이었다.

정은은 정진을 보자 곧바로 정진의 품에 뛰어들었다.

"다 큰 처녀가 돼서 오빠한테 이럼 되겠냐!"

정진은 혀를 차면서도 정은을 살짝 안아주었다.

그러다 정은이 정진의 품에서 벗어나기 무섭게, 이번엔 마나 심법을 마친 막내 정수가 곧장 정진의 품으로 뛰어들었다.

게이트를 넘어와 마나 집접진이 있는 타라칸의 둥지에서 줄곧 수련을 하며 생활하느라고 가족의 품이 그리웠던 것이다.

수연은 그런 그들의 모습을 뒤에서 부러운 눈으로 쳐다보았다.

정은과 정수는 남매였으니 그래도 괜찮지만, 자신은 아무리 정수가 남자 친구로서 챙겨준다고는 해도 조금 외로울 때가 있었다.

특히 지금과 같이 그들을 만나러 온 정진을 보았을 때가 그랬다.

물론 타라칸의 둥지는 이정진도 알고 있고, 또 초기에는 몇몇 아케인 클랜원들이 이곳에서 수련을 하기도 했다.

하지만 클랜이 커지면서 수련장을 옮기게 되었고, 간부인 이정진은 다른 클랜원들을 가르치느라 바빠서 이곳까지 올 틈이 없었다.

정진이 그런 수연을 보고는 피식 웃었다.

"수연이도 이리 와라."

수연은 정진의 부름에 자신도 모르게 정수의 옆쪽으로 뛰어들었다.

정진은 수연의 머리를 살며시 쓸어주었다.

"그래, 다들 열심히 하고 있지?"

"응, 조만간 4서클을 완성할 수 있을 것 같아."

그러자 정수가 으쓱하며 칭찬해 달라는 듯 제일 먼저 대답했다.

"그래. 열심히 해서 형 좀 도와줘라."

"형은 나만 믿어… 윽!"

정수가 으스대며 말하자, 옆에 서 있던 정은이 옆구리를 콱 쑤셨다.

"수연이는 아직도 수련을 하는 것이 어렵니?"

투닥거리는 둘을 보며 웃던 정진이 수연을 돌아보았다.

수연은 자질은 뛰어나지만, 마나를 마법에 맞게 배열하여 시전하는 부분에서 특히 어려움을 겪고 있었다.

시간이 날 때마다 요령을 가르치고는 있지만 좀처럼 늘지를 않고 있었다.

"조금이요."

수연은 창피한지 고개를 푹 숙이곤 조그만 목소리로 말했다.

"급하게 생각할 것 없다. 천천히 꾸준히 하면 돼."

"네."

타라칸의 둥지는 클랜원들이 수련할 수련장을 따로 만들게 되면서 정진의 전용 마법 수련장이자 별실이라는 본래의 목적으로 돌아왔다.

동생들과 수연은 주말에는 지구로 돌아가 집에서 휴식을

취하고, 학교에 등교하듯이 월요일에 다시 둥지로 돌아와 수련하고 있었다.

둥지와 뉴 서울을 오가는 도중의 호위는 정진의 지시로 타라칸이 맡고 있었다.

그러다 얼마 전 아케인 쉘터가 건설된 이후로는 아케인 쉘터까지만 데려다주는 것으로 바뀌었다.

정은과 정수는 처음 타라칸을 보았을 때를 아직도 기억하고 있었다.

강아지 정도 사이즈에 귀엽기만 한 타라칸을 보디가드라고 하는 정진의 말에 내심 어리둥절했다.

그로부터 얼마 뒤 지구로 돌아가기 위해 뉴 서울로 출발할 때, 타라칸의 모습이 정은과 정수 둘을 태워도 될 정도로 커졌다.

그것만도 놀라운 일이었지만, 더 놀라운 일은 따로 있었다.

숲을 빠져나가다가 커다란 오거를 만난 것이다. 그것도 보통의 오거가 아니라 팔이 네 개나 되는 돌연변이였다.

영원의 숲의 지배자인 타라칸의 자리에 도전을 하기 위해 나타난 것이었다.

이 오거는 단순히 그냥 본능만 있는 오거가 아니었다.

챔피언급의 타라칸에 도전할 정도의 몬스터이니, 최소 예전 타라칸의 경쟁자였던 부아칸이나 예전의 타라칸 정도의 지능을 갖춘 몬스터였다.

타라칸을 발견한 뒤, 돌연변이 오거는 타라칸과 함께 있는 정은과 정수를 발견하고 그들을 먼저 공격해 왔다.

동물형 몬스터인 타라칸과 다르게 네 개나 되는 팔을 자유자재로 사용할 수 있는 점을 적극 활용해 정은과 정수를 인질 삼아 타라칸을 공격하려 한 것이다.

그러나 정은과 정수가 돌연변이 오거의 피어에 공황 상태가 되어 꼼짝도 못하고 있던 그때, 빛과 함께 더욱 거대하고 사나운 모습으로 변한 타라칸이 단숨에 달려들어 돌연변이 오거의 머리를 박살 내버렸다.

정은과 정수는 타라칸이 돌연변이 오거를 처치한 뒤에도 한참을 그렇게 숲속에서 꼼짝 못하고 있었다.

그 일이 있고 난 뒤, 정은과 정수는 뉴 어스에 오면 한시도 타라칸의 주변에서 떨어지지 않았다.

수련을 하는 시간에는 당연히 타라칸의 둥지에서 벗어나지 않고 수련에 매진했지만, 둥지 밖으로 나올 때면 언제나 타라칸의 곁에서 떨어지지 않았다.

정진에게서 뉴 어스가 얼마나 위험한 곳인지 듣기는 했지만 설마 그런 괴물이 있을 것이라고는 생각지 못했다.

　그리고 자신들을 보호해 주는 타라칸이 그런 괴물을 단숨에 처리할 정도로 강할 줄은 조금도 예상하지 못했다.

　정은과 정수에게는 아직도 가끔 휴식 시간에 화제가 되는 쇼킹한 사건이다.

　수연이 함께 마법을 배우기 시작했을 때, 정수의 말을 들은 수연 또한 처음에는 그 사실을 믿지 않았다.

　하지만 둥지와 뉴 서울을 몇 번 왕복하면서, 타라칸이 숲을 거닐 때는 그 어떤 몬스터도 코빼기도 보이지 않는 것을 경험하자 믿을 수밖에 없었다.

　타라칸의 둥지에서 동생들과 간단하게 식사를 마친 정진은 동생들과 수연을 데리고 아케인 쉘터로 돌아왔다.

　아케인 아카데미를 찾아가기 위해선 타라칸의 도움이 꼭 필요했기 때문이다.

　아케인 아카데미를 찾아가 보는 것은 흰머리산 던전 쉘터까지의 보급로를 확보했을 때부터 생각했던 일이기에, 어느 정도 계획한 일이 궤도에 오른 지금 시간을 내어 아케인 아카데미를 찾아가기로 한 것이다.

　정진이야 흰머리산의 던전 지하에서 지각변동으로 생긴 지하 터널을 헤매다 우연히 발견한 것이지만, 타라칸은 스승인 제라드에 의해 잡혀 와서 가디언이 되었기에 어디로 들어가는지 자신보단 아는 것이 많을 것이다.

"형, 굳이 거길 찾아야 해?"

아카데미를 찾기 위해 가겠다는 소리에 정수가 걱정하며 물었다.

"물론이야. 나야 이미 스승들께 모든 것을 배웠기에 필요가 없지만, 지금 마법을 배우고 있는 너희나 앞으로 마법을 배워야 할 후배들을 생각하면 이대로는 안 돼."

정진은 말을 하다 시선을 돌려 정은과 함께 타라칸의 등에 타고 있는 수연을 돌아보았다.

조금 전 수연이 한 말이 생각난 것이다.

아직도 마법을 시전할 때 마나를 배열하는 것에 어려움을 겪고 있다는 말이 귓가에 생생했다.

자신은 아케인 아카데미의 훌륭한 시스템과, 스승들의 헌신적인 뒷바라지로 인해 동생들과는 비교할 수 없을 정도로 빠르게 마법을 익혔다.

물론 정진 본인의 자질이 없었다면 아무리 그러한 지원이 있었다고 한들 그만한 성과를 보이지는 못했겠지만, 가르치는 입장에서 동생들의 실력이 눈에 띄게 성장하지 않는 것이 아쉬울 수밖에 없었다.

정은과 정수, 수연까지 세 명은 함께 수련을 한 기간만 벌써 2~3년이 되었는데도 3클래스와 4클래스를 통과하지 못하고 있다.

　처음엔 자신에 비해 이들의 자질이 못한 것인가 생각했다.

　하지만 그것도 아닌 것 같았다.

　자질 면에서 이 세 명은 충분했다.

　마나를 축적하는 것이나 마법을 받아들이는 것 등을 살펴보면 자신에 비해 그리 처지지 않았다.

　그렇다는 것은 자신이 이들을 가르치는 방법이 뭔가 미진하다는 말이다.

　그래서 정진은 어떻게든 아케인 아카데미를 찾아보기로 결심했다.

　비록 헤어질 당시 스승들은 아케인 아카데미 지하에 흐르는 용암이 지각변동으로 폭발할 것이라 했고, 아무리 마법이 위대한 학문이고 또 무소불위의 조화를 보인다 하더라도 자연의 힘 앞에선 어쩔 도리가 없다고도 했다.

　정진이 아카데미를 나가면, 그동안 아카데미가 막고 있던 용암이 아카데미를 덮칠 것이라고.

　하지만 이상하게도 정진이 아카데미를 나선 이후 뉴 어스에서는 커다란 지각변동이 일어나지 않았다.

아카데미가 있던 부근인 흰머리산 쪽은 노태 그룹의 쉘터 개발 건 등으로 간간히 헌터들이나 일꾼들이 드나들곤 했기에 그 주변의 정보는 어느 정도 파악할 수 있었다.

하지만 아직까지는 아카데미를 집어삼킬 만한 눈에 띄는 변화가 있었다는 소식은 들을 수 없었다.

물론 지하 깊은 곳에서 벌어지는 일이라 지표면에서는 알수 없는 것일 수도 있지만, 상당한 크기를 자랑하던 아케인 아카데미가 사라질 정도라면 지상에도 분명 커다란 흔적이 남을 거라는 생각이 들었다.

아주 변화가 없던 것은 아니다. 잦은 지진으로 흰머리산이 분화할 뻔했다.

그렇지만 결과만 놓고 보면 결국 흰머리산은 분화하지 않았고, 자잘한 지진이 여러 번 있었을 뿐이다.

정진은 혹시나 스승들의 말과는 다르게 아케인 아카데미가 용암에 묻히지 않고 보존되어 있을지도 모른다고 생각했다.

만약 아케인 아카데미가 사라지지 않았다면 분명 그 흔적을 찾을 수 있을 것이다.

가장 먼저 찾아볼 곳은 자신이 들어갔던 입구인 흰머리산 지하의 동굴이었다.

물론 그곳은 잦은 지진으로 인해 중간에 묻혀 있을 가능성이 농후했다.

하지만 그래도 가장 우선적으로 찾아가 볼 생각이었다.

그러고 나서 생각대로 중간에 묻혀 있다면, 그 다음으로 찾아볼 곳이 자신과 타라칸이 5년 전 아카데미를 나온 출구였다.

물론 시간이 5년이나 지났으니 당시 텔레포트를 한 흔적은 남아 있지 않겠지만, 그래도 아주 작은 흔적이라도 발견하게 된다면 그것을 역으로 추적해 아카데미를 찾아갈 수 있었다.

현재 정진은 7클래스 마스터였다.

7클래스를 마스터한 지도 벌써 2년이나 지났는데, 더 이상 실력에 발전이 없었다.

수련이 답보 상태가 될 것이라는 건 이미 5년 전 스승들에게 들어 예상하고 있었다.

아무리 아케인 제국의 마도학이 마도의 정점에 있었다고 하지만, 마법을 하나도 모르는 일반인을 순식간에 실력 좋은 마도사로 바꿀 수는 없었다.

그들이 열심히 지원한다고 해봐야 5클래스 정도가 끝이

었다.

정진이 아카데미를 나서던 때 5클래스였던 것만 떠올려 봐도 알 수 있는 일이다.

부단히 노력했다지만 홀로 7클래스에 도달할 수 있었던 것은 좋은 스승들을 둔 덕이 컸다.

정진을 만나기 전, 마도 문명의 계승을 위해 오랜 시간 지하에서 고민하던 스승 제라드와 젝토르가 마법을 쉽고 빠르게 전승할 수 있도록 끊임없이 연구해 왔기 때문이다.

아케인 아카데미의 교수들이었던 이들의 사명은 어떻게 해서든 아케인 제국의 마도학이 끊기지 않도록 하는 것이었다.

끊임없이 대를 이어 아케인 제국의 마도를 계승하는 것밖에 방도가 없었다.

하지만 아케인 아카데미는 지하 수백 미터 밑에 가라앉은 상태다.

더욱이 이들은 외부 활동을 하는 것에도 제한이 많았다.

그나마 제라드가 육체를 가지고 있었기에 외부 활동을 잠시나마 할 수 있던 것이 다행한 일이다.

아케인 아카데미가 지하에 묻히고, 세월이 흘러 지상에

아케인 제국이 무너진 자리에 새로운 문명이 나타나 문명의
꽃을 피웠다.

하지만 그들은 아케인 아카데미와는 인연이 없었다.

그들도 새롭게 문명을 꽃피우고 마도학을 열어갔지만, 그
들의 마도는 너무도 유치하고 아케인 제국의 것에 비해 조
악했다.

그나마 간간이 발견된 아케인 제국의 마도사들의 유적에
서 마도학의 일부를 해석해 자신들의 마도를 발전시켰을 뿐
이다.

하지만 그들 역시 결국 인간이었기에 아케인 제국의 마도
사들이 했던 실수를 되풀이하였다.

손대선 안 되는 금단의 마법에 손을 댄 것이다.

인간 생명의 존엄을 무시한 실험과 신의 영역을 침범하는
실험 등, 마도가 발전할수록 인간의 욕망은 더욱 커져만 갔
다.

급기야 이들은 보다 많은 것을 차지하기 위해 그동안 연
구하던 금단의 마도학을 바탕으로 전쟁을 벌였고, 결국은
멸망하였다.

제라드는 이러한 인류의 최후를 모두 목격했다.

아카데미에 남아 있던 아케인 제국의 최후의 생존자들이

삶의 무게에 눌려 자살 아닌 자살을 하였을 때도, 제라드와 젝토르는 남아서 자신들의 염원을 이어줄 후계자를 기다렸다.

절망을 뒤로하고 마침내 정진과 아케인 제국의 마도가 인연을 맺었다.

정진은 자신에게 남겨진 아케인 아카데미의 최후의 마도사였던 두 스승들의 염원을 풀어주기 위해 노력을 기울였다.

하지만 결국 홀로 성장하는 데 한계에 부딪힌 정진은 다시금 자신의 본류인 아케인 아카데미를 찾아가려고 하는 것이다.

"그곳은 내가 익혔고, 또 너희가 익히고 있는 마도의 본류다. 그곳만 찾게 된다면 더 이상 이렇게 힘들게 수련하지 않아도 좀 더 쉽게 마법을 익힐 수 있을 거야."

"더 쉽게?"

"그래. 너희도 알겠지만 난 그곳에서 이론적으로 7클래스까지 모두 마치고 나왔어. 비록 시간이 별로 없어 몸속에 마나 서클을 경지에 맞게 쌓을 수는 없었지만, 이론을 마스터한 상태였기 때문에 나중에 모두 쌓을 수 있었지."

"거기에 있던 건 두 달 정도였잖아. 그 안에 7클래스까지의 이론을 마스터한다는 게 가능하다고?"

"물론이지. 지금 너희가 수련하는 가상공간은 내 경지가 낮기 때문에 겨우 현실보다 두 배 정도 느리게 시간이 가도록 되어 있지만, 아케인 아카데미의 가상공간은 100배나 되는 시간을 얻을 수 있어."

"헐……."

정수는 할 말을 잊고 헛웃음을 지었다.

지금 자신들이 마법 수련을 하는 가상공간은 시간이 느리게 가기 때문에, 학교를 다닐 때도 이것을 이용하여 공부했다.

남들보다 두 배나 많은 시간을 갖고 있는데다, 가상공간에서는 집중도 잘되고 머리도 팽팽 돌아갔다. 그러다 보니 졸업할 즈음에는 우등생 남매가 되었고, 어렵지 않게 전교 1등까지 했다.

마법을 배우기 시작할 때, 정진은 학생의 본분은 공부라며, 학교 성적을 떨어뜨리지 않는다는 조건을 붙여 마법을 가르쳐 주었다.

솔직히 마음 같아서는 모든 시간을 마법 수련에 할애하고 싶었다. 더욱이 어릴 때부터 이미 사회 전선에 나와 있던 정진은 지금 같은 시대에 학교 공부가 얼마나 의미 없는지 누구보다 더 잘 알고 있었다.

하지만 이제 먹고살 걱정도 없는데다, 동생들에게 엄마 없는 자식이 공부도 못한다는 소리를 듣게 하고 싶지 않았다.

그러한 내막을 모르는 정수는 처음에는 수련을 절반만 하고 나머지 시간에는 공부를 하라는 말에 불만을 갖기도 했다.

만약 모든 시간을 마법 수련만 했다면, 마법진의 효율이 아케인 아카데미에 비해 좋지 못하다 해도 충분히 4클래스를 마스터했을지도 모를 일이었다.

† † †

영원의 숲 입구에 있는 아케인 쉘터 앞.

개활지 가운데 펼쳐진 울창한 산림 앞에 생긴 인공 건축물도 이제는 꽤 자연스러워 보였다.

그때, 목책으로 이루어진 방벽의 문이 열렸다.

정진을 비롯한 20명의 아케인 클랜 소속 헌터들이 열린 문 밖으로 쏟아져 나왔다. 그 주위로 많은 사람들이 이들을 배웅하기 위해 따라 나왔다.

헌터 프론티어

정진이 클랜원들을 돌아보며 빙긋 웃었다.

"한 달 후에 뵙겠습니다."

"그래. 목적을 이뤘건 아니건, 무조건 한 달 후에는 와야 한다."

배웅하는 이들 중 가장 앞에 나와 있는 것은 이정진이었다. 이정진이 정진에게 다짐 받듯 말했다.

정진이 고개를 끄덕였다.

"물론이죠. 벌여놓은 일이 있는데 무한정 제 개인적인 시간을 보낼 수는 없으니까요."

말을 마친 정진이 조용히 영원의 숲 쪽을 바라보았다.

저 멀리 꼭대기에 만년설이 쌓여 있는 흰머리산의 모습이 보였다.

정진과 함께 떠나는 스무 명의 헌터들은 모두 이번에 기업들로부터 전담하게 된, 흰머리산 쉘터 보급대로 선발된 사람들이었다.

영원의 숲 내에 안전한 보급로가 만들어진 만큼 그리 위험한 일이 아니고, 뉴 서울부터가 아니라 아케인 쉘터에서부터 출발할 수 있기에 보급대 인원도 축소시킨 것이다.

앞으로는 굳이 대규모 인원으로 보급대를 꾸릴 필요 없

이, 주기적으로 소규모 보급대를 흰머리산으로 보낼 예정이었다.

정진은 지금 이들과 함께 흰머리산으로 떠날 채비를 하고 있었다.

보급대 호위 의뢰를 맡아 흰머리산에 갔을 때, 정진은 아케인 아카데미의 존재에 대해서 떠올렸다. 혹시 몰라 타라칸을 데려올 생각이었으므로 당시에는 들어가지 못했지만, 이번 보급대와 함께 흰머리산에 도착하면 반드시 지하로 들어가 볼 생각이었다.

한편 반드시 아케인 아카데미를 찾아내겠다는 의지를 불태우며 결연한 표정을 짓는 정진과는 달리, 이정진을 비롯한 아케인 클랜 간부들의 표정은 살짝 걱정스러웠다.

정진이 한 달이면 돌아온다고 확언하긴 했지만, 현재 벌여놓은 사업이 워낙 많다 보니 혹시나 정진의 일정이 늦어지거나 한다면 큰일이기 때문이었다.

다른 대부분의 것들은 그들이나 다른 사람이 대체를 할 수 있지만, 단 하나 정진이 있어야만 완성할 수 있는 사업이 있었다.

그것은 바로 쉘터 건설 사업이었다.

아케인 클랜에서 건설하는 쉘터들의 핵심은 바로 지하에

있는 마법진이고, 이 마법진을 그릴 수 있는 사람은 세상에 단 하나뿐이다.

매직 웨폰 사업이나 포션 등을 만드는 것은 정은이나 정수, 그리고 수연이 노력해 준다면 어찌어찌 대체할 수 있다.

하지만 쉘터의 마법진을 그릴 정도의 실력은 아직 안 되었다.

쉘터 전체를 아우르는 대형 마법진이기 때문에, 아직 클래스가 낮은 동생들이 이해하기에는 적용되어 있는 원리가 너무 어려웠다.

마도학이라는 것 자체가 그렇지만, 그중에서도 마법진을 그리는 것은 특히나 정밀함을 요구한다.

이전 정진이 클랜원들을 위한 장비를 만들 때 그랬듯 마법진을 보고 똑같이 재현하는 것까지는 가능할지 모르나, 아주 살짝만 달라도 마법진이 작동하지 않는 불상사가 생길 수 있었다.

현재 아케인 클랜이 진행하던 엠페러와 백화 클랜의 쉘터 여섯 곳의 마법진은 정진이 전부 완성했고, 인테리어 등 마무리 작업까지 마친 상태다.

원래부터 생각하고 있던 대로 공사가 끝나자마자, 정진은 작업 인부들에게 무려 한 달이나 되는 휴가를 주었다.

그 한 달 동안 자신은 아케인 아카데미를 찾고, 내부를 둘러보며 마도학 공부를 위한 새로운 방법을 찾을 생각이었다.

예약이 꽉 차 있으니, 정진이 늦는다고 쉽게 일정을 뒤로 미룰 수도 없는 노릇이었다. 특히 앞쪽으로 예약한 곳일수록 대기업이나 대형 클랜들이었다. 조금만 일정이 늦어져도 아우성을 칠 게 뻔했다.

"그럼 이만 가보겠습니다. 출발!"

정진은 걱정스러운 얼굴의 사람들을 뒤로한 채, 보급품들을 짊어진 헌터들과 영원의 숲 안쪽으로 사라졌다.

그 뒤로 아케인 클랜의 마스코트이자 가디언인 하얀 털의 타라칸이 뒤따랐다.

저벅저벅.

끼익!

지하 동굴로 통하는 철문이 듣기 싫은 소리를 내며 열렸다.

문 앞에서 출입구를 지키고 서 있던 대성 실업 직원이 문 밖으로 나오는 정진을 향해 물었다.

"길은 찾으셨습니까?"

이곳은 흰머리산 지하 던전으로 통하는 입구였다.

철문 안으로 들어간 정진은 지체하지 않고 곧바로 타라칸과 함께 5년 전 기억을 더듬어가며 동굴을 탐사하였다.

중간 중간 5년 전 자신이 길을 밝히기 위해 바닥에 떨어뜨려 놓은 램프들이 있었다. 정진은 그것을 따라 걸었다.

하지만 역시나 길은 중간에 끊어져 있었다.

지진으로 인해 중간 부분이 완전히 무너져 내려, 더 이상 뚫고 지나갈 수가 없었던 것이다.

하는 수 없이 발길을 돌려 흰머리산 쉘터로 돌아올 수밖에 없었다.

"중간에 길이 무너져 더 이상 뚫고 나갈 수가 없더군요."

정진이 대답하자, 대성 실업 직원이 고개를 끄덕이며 말했다.

"역시 그렇군요. 노태 그룹에서 발굴 당시 그곳을 뚫어보려고 부단히 노력을 했지만, 무너진 곳의 지반이 너무 약해 뚫는 족족 바로 그 옆이 다시 무너져 내리는 통에 결국 포기했다고 합니다."

예전에 노태 클랜의 헌터들과 함께 들어갔던 마지막 탐사지인 이곳은, 현재는 발굴이 모두 끝나고 입구를 잠가놓은 상태였다.

5년 전 실종되었다 돌아온 정진과 트러블이 있던 당시, 던전을 발굴하던 노태 클랜에서는 노인태의 지시로 이곳을 이 잡듯 수색했다.

아티팩트와 정진의 능력이 생겨난 출처에 대해 의심한 것이다.

하지만 아무 소득이 없었음은 물론, 지진으로 인해 중간에 동굴이 막혀 노태 클랜의 수색대는 끝까지 살펴보지도 못하고 돌아와야 했다.

보급대와 함께 흰머리산에 도착한 뒤, 정진은 곧장 지하로 통하는 입구까지 가서 쉘터 건설 현장 관계자에게 안을 살펴보고 싶다고 요청했다.

만약 이곳을 노태 그룹에서 담당하고 있었다면 순순히 정진의 요청을 받아들이지는 않았을 것이다.

그러나 노태 그룹뿐만 아니라 다섯 개의 다른 그룹도 포함되어 이곳 흰머리산의 쉘터 건설 현장을 공동으로 맡고 있기 때문에, 구역별로 나누어 시설들을 관리하고 있었다.

다행히 정진이 들어가려는 곳은 대성 실업에서 관리하는 곳이었다.

보급 전담 계약을 한 정진이 부탁하자, 대성 실업의 직원은 흔쾌히 정진을 안으로 들여보내 주었다.

다른 그룹들의 입장에서는 요즘 한창 떠오르는 아케인 클랜과 연을 맺어 두어 나쁠 것이 전혀 없다. 더욱이 보급을 맡고 있는 아케인 클랜의 클랜장인 정진과 친분이 생긴다면, 실제 현장에서 일을 하고 있는 직원들의 입장에서는 오히려 행운이나 다를 바 없다.

정진은 작게 한숨을 내쉬었다.

'혹시나 했는데… 그럼 역시 그곳을 찾아가야 하나.'

"그렇군요. 감사했습니다."

정진은 직원에게 인사를 하고, 곧바로 흰머리산 쉘터를 벗어났다.

5년 전 자신은 지진을 피해 타라칸과 함께 지표면까지 도망쳐 나왔다.

혹시나 빠져나온 출구 쪽은 아직 무너지지 않았을지도 모른다.

그가 향하는 곳은 바로 영원의 숲 안쪽이었다.

† † †

뿌드득!

팔뚝만 한 나뭇가지가 부러지는 소리가 들리며, 나무 뒤쪽으로 흰 털을 가진 커다란 짐승의 모습이 나타났다.

그 옆에 선 것은 정진. 정진과 타라칸은 함께 영원의 숲 북서부를 향해 걷고 있었다.

흰머리산을 나온 지도 만 하루가 지났다.

정진은 몬스터가 우글거리는 영원의 숲을 걸으면서도 마치 동네 뒷산에 산책하러 나온 것처럼 여유 있는 모습이었다.

영원의 숲에 있는 어떤 몬스터도 정진을 위협할 수 없었지만, 옆에 서 있는 타라칸의 냄새를 맡은 몬스터들이 보이지 않는 곳에서부터 모두 꽁지가 빠져라 도망치고 있었던 것이다.

만약 혼자 영원의 숲에 들어왔다면 지금처럼 편하게 숲속을 걷지는 못했을 것이다.

몬스터들은 자신의 영역을 침범한 존재에 대해서는 집요하게 달려들어 공격한다.

아무리 정진이 7클래스의 마도사라고 하더라도, 겉으로

보기에는 그냥 인간일 뿐이다. 어차피 몬스터들이 달려들어도 정진의 상대가 되지는 못하지만, 어쨌든 전투가 벌어진다는 것이다.

하지만 타라칸의 경우 이곳을 영역으로 하는 몬스터가 감히 덤벼들지 못할 정도로 존재감을 풍기고 있다. 몬스터들은 멀리서부터 이미 타라칸의 심기에 거슬리지 않도록 몸을 사리고 있었다.

물론 타라칸도 먹이 사냥을 할 때면 존재감을 지우고 먹이를 사냥하였다.

정진은 마법으로 자신의 존재감을 감췄다.

솔직히 마법을 사용하면 타라칸이 없더라도 영원의 숲을 홀로 횡단할 수 있지만, 며칠이 걸릴지도 알 수 없는데 마법을 사용해 계속 숲을 횡단하는 것은 무척이나 피곤한 일이다.

그래서 타라칸에게 존재감을 대놓고 풍기게 하여 편하게 영원의 숲을 거닐고 있었다.

비록 한 달을 기한으로 아케인 아카데미를 찾아 영원의 숲으로 들어와서 벌써 4일이나 지났지만, 정진은 그리 조급해하지 않았다.

스승들로부터 지각변동으로 아카데미가 완전히 사라질

것이라는 단언을 들었다. 못 찾을 수도 있다는 것도 이미 염두에 두고 있었기에 오히려 황망하지 않을 수 있었다.

솔직히 그가 아케인 아카데미를 찾아 나선 것은 반쯤 희망 사항이었다.

단지 예상보다 지각변동이 심하지 않았다는 사실만으로 막연히 기대하는 것에 불과했다.

지난 5년간 찾아보지 않은 것도 그래서였다. 바빠서 찾아볼 틈을 내기도 어려웠지만, 그저 추측에 불과한 사실을 가지고 떠나기 쉽지 않았기 때문이다.

이번에는 그동안 마법을 수련하고 클랜을 키우느라 바빴던 자신에게 주는 휴식의 의미도 있었다.

그동안 이것저것 일을 벌이며 다소 치열할 정도로 바쁘게 달려오기도 했고, 정체되어 있는 마법 실력을 발전시킬 방도도 찬찬히 생각해 보려고 하고 있었다.

타라칸과 이런 식으로 거니는 것은 팀 아케인 시절 이후 거의 처음이었다.

그동안 타라칸에게 너무 무심했나 싶은 생각도 들었다. 이따금 동생들이 수련하고 있는 것을 보기 위해 둥지까지 찾아오기도 했고, 얼마 전에는 보급대 의뢰로 멀찌감치 타라칸이 따라오기도 했지만, 이렇게 타라칸과 단둘이 있는 시간을 가지는 것은 정말 오랜만이었다.

"얼마나 더 가야 하지?"

정진이 문득 자신의 옆에서 천천히 걷고 있는 타라칸을 돌아보며 물었다.

그르릉!

타라칸이 작게 그르렁거리며 대답했다.

[한 시간 정도 더 걸으면 도착합니다.]

챔피언급인 타라칸은 텔레파시를 통해 정진과 이야기를 할 수가 있었다.

"그렇군. 거기가 우리가 나온 자리 맞지?"

[예.]

타라칸의 말투는 이전보다 더 정중해져 있었다.

7클래스에 오르면서 정진을 완전히 인정하게 된 것이다.

예전에 정진이 아직 7클래스에 오르지 못했을 때는 그저 마스터로서 당연한 대우를 해줄 뿐, 마도학을 수련하는 데 불필요한 명령에는 잘 따르지 않았다.

실제로 팀 아케인 시절 멤버들에게 타라칸을 붙여줄 때도 그들이 장기적으로 정진의 발전에 도움이 될 거라는 걸 납득시켜야 하지 않는가.

그러니 정은과 정수, 그리고 수연이 타라칸의 둥지에서 수련할 수 있도록 그들을 지키라고 했을 때나, 지금처럼 아케인 아카데미를 찾으러 갈 테니 동행하라는 명령은 두말할 필요도 없이 거절했을 터였다.

하지만 지금은 정진에게 완전히 종속된 상태이기에 그의 지시를 순순히 따르고 있는 것이다.

간간이 타라칸에게 질문을 하면서 걸어가던 정진은 어느 순간 주변의 풍경을 보고 이채를 띠었다.

어느새 5년이나 지났지만 이 모습은 생생히 기억하고 있었다.

마법을 수련하면서 인간을 초월할 정도의 기억력을 갖게 되기도 했지만, 그에게는 인생의 전환점이나 같은 그때의 일은 하나하나 어제 일처럼 떠올릴 수 있을 만큼 강렬한 기억이기도 했다.

"그래, 이곳. 맞네."

정진은 주변을 살필수록 이곳이 5년 전 아케인 아카데미를 나올 때 올라왔던 그곳임을 확신할 수 있었다.

하지만 아무리 마나를 퍼트려 보아도 예전 텔레포트를 했던 흔적은 전혀 느낄 수 없었다.

"아직까지 흔적이 남아 있다는 것이 말이 안 되지."

하긴 다른 지역보다도 마나의 농도가 짙은 영원의 숲인데, 5년이나 전에 텔레포트한 흔적이 남아 있는 것이 이상한 일이다.

작게 중얼거린 정진은 그래도 주변을 살펴보았다. 흔적이 없다고 포기를 할 수는 없었다.

최대한 멀리 텔레포트를 했다고는 해도 그리 멀리 오지는 못했을 테니, 아카데미로부터 가장 가까운 지표면으로 텔레포트했다면 이곳 지하 어딘가 가까운 곳에서 아케인 아카데미를 찾을 수 있을 것이다.

당시 자신은 5클래스 유저 정도의 마나를 가지고 있었다.

텔레포트하는 최대 거리에는 한계가 있으니, 아무리 아카데미에 설치되어 있던 텔레포트 마법진이 최고의 마법진이었다고 해도 주입하는 마력이 부족하면 거리가 줄어들 수밖에 없었으리라.

만약 정진이 스승인 제라드 정도, 아니, 지금만큼의 실력이라도 가지고 있었다면, 설치되어 있는 마법진을 이용해서 아케인 아카데미에서 뉴 서울까지 곧장 텔레포트할 수 있었을지도 모른다.

"그럼 여기서부터 반경 50㎞ 정도겠네."

정진이 다시 마나를 퍼트려 50㎞ 안쪽만을 염두에 두고 계산하기 시작했다.

"아."

그때, 머릿속에 번뜩이며 스쳐 지나가는 것이 있었다.

아카데미에서 수련하던 당시, 정진은 단 한 번 제라드와 함께 텔레포트한 적이 있다.

마법 수련에 지쳐 있던 정진에게 동기를 부여하기 위해 지상까지 올라왔던 것이다.

물론 그 텔레포트는 스승인 제라드가 한 것이지만, 분명 아카데미에서 그렇게 멀리 떨어진 곳으로는 가지 않았다.

"분명 그때 스승님께서……"

기억을 다시 떠올리기 위해 노력하던 정진은 곧 제라드가 한 말을 기억해 냈다.

"맞아. 그때 텔레포트한 곳이 아카데미의 바로 위라고 하셨어."

당시 남쪽으로 멀찌감치 흰머리산의 모습이 보이던 것이 어렴풋이 기억이 났다. 그렇다면 방향은 이쪽이 맞았다. 아마 이 주변에서 보다 흰머리산에 가까운 어디인가일 듯했다.

정진은 타라칸과 함께 흰머리산 쪽으로 돌아가며 수색하기 시작했다.

† † †

그로부터 잠시 후.

"그래, 여기야!"

드디어 제라드와 함께 텔레포트했던 위치를 발견한 정진이 기쁜 얼굴로 외쳤다.

지금이라면 단번에 텔레포트를 이용해 흰머리산 쉘터까지 도착할 수 있을 만큼 흰머리산과 가까운 곳이었다.

그때는 흰머리산과 꽤 먼 것처럼 보였기에 좀 걸렸지만, 찾고 보니 그리 찾기 어려운 장소도 아니었다.

한쪽에 있는 공터, 자신이 앉아 수련하던 자리도 보였다.

스승인 제라드는 마나를 모아 심장에 서클을 만드는 데는 생명력이 넘치는 지상이 지하보다 좋다고 하며, 마나 집접진을 이곳에 설치해 주었다.

5년이 지난 지금도 희미하게 남아 있는 수련의 흔적을 확인한 정진은 이곳으로부터 수직 방향으로 아케인 아카데미가 있을 거라 확신할 수 있었다.

만약 당시 스승들의 말대로 용암이 아카데미를 덮쳤다면, 이곳이 이렇게 멀쩡한 모습으로 남아 있을 수 없었을 것이다.

'분명 아케인 아카데미는 아직 그 일부라도 남아 있을 것이다.'

그렇게 판단한 그는 다시 땅 밑으로 마나를 퍼트리기 시작했다.

〈『헌팅 프론티어』 제9권에서 계속〉

1판 1쇄 찍음 2016년 11월 15일
1판 1쇄 펴냄 2016년 11월 23일

지은이 | 정사부
펴낸이 | 정 필
펴낸곳 | 도서출판 뿔미디어

기획 · 편집 | 한관희 · 선우은지

출판등록 | 2002년 9월 11일 (제081-1-132호)
주소 | 경기도 부천시 원미구 소향로 17번길(두성프라자) 303호 (우) 14544
전화 | 032)651-6513 / 팩스 032)651-6094
E-mail | bbulmedia@hanmail.net
비북스 | http://www.b-books.co.kr

값 8,000원

ISBN 979-11-315-7565-9 04810
ISBN 979-11-315-7112-5 04810 (세트)

※파본은 구입하신 서점에서 교환하여 드립니다.

※이 책은 (도)뿔미디어를 통해 독점 계약되었습니다.
저작권법에 의해 보호를 받는 저작물이므로 무단 전재와 무단 복제를 엄금합니다.

세상의 모든 장르소설

B북스

장르소설 전용 앱 'B북스' 오픈!

남자들을 위한 **판타지 & 무협,**
여자들을 위한 **로맨스 & BL**까지!

구글 플레이에서 **B북스**를 다운 받으시고, 메일 주소로 간편하게 회원 가입하세요.
아이폰 유저는 **B북스 모바일 웹**에서 앱 화면과 똑같이 이용하실 수 있습니다.

http://www.b-books.co.kr

이제 스마트폰에서 B북스로 장르소설을 편리하게 즐기세요.

www.bbulmedia.com

www.bbulmedia.com